K.B233330

남원의 문학, 남원의 사랑

최척전
만복사저포기

서정섭, 조봉래 역

머 리 말

　　조위한의 『최척전』과 김시습의 「만복사저포기」를 번역하여
한 권의 책으로 엮었다.

　　조위한의 『최척전』을 처음 접하는 독자들이 많으리라 생각한
다. 『최척전』은 그동안 널리 소개되지 않아 학생이나 성인 독자
들도 낯선 책일 것이다. 그러나 『최척전』을 한번 읽기 시작하면
이야기가 어떻게 전개될지 궁금하여 손에서 책을 떼지 못할 것
이다. 누구든지 『최척전』을 읽고 나면 조선시대 때 우리나라에
도 이처럼 재미있는 책이 있었는가, 그 옛날에 어떻게 만주와
중국, 일본 게다가 베트남까지 왕래할 수 있었는가라는 의구심
을 갖게 된다. 조선시대 우리 조상들의 활동 영역이 이처럼 넓
었다는 데에 감탄하지 않을 수 없을 것이다. 또 이야기의 구성
이 얼마나 치밀한지 현대소설이나 다름없을 정도라는 점에 다
시 한번 놀랄 것이다. 『최척전』은 영화나 드라마로 만들어도 재
미있겠다는 생각이 들 것이다.

　　이와는 다르게 김시습의 「만복사저포기」는 잘 알려진 한문소
설이다. 학교 다닐 때 누구든지 '우리나라 최초의 한문소설은

『금오신화』이다.’ 라는 것을 열심히 외웠다. 「만복사저포기」는 『금오신화』에 나오는 작품이다. 그동안 출판된 책들은 『금오신화』의 다섯 작품을 모아 한 권의 책으로 출판했다. 그러나 이번에는 『금오신화』 중 첫 번째 나오는 「만복사저포기」만 번역하였다. 「만복사저포기」만 특별히 옮겨 실은 이유는 그동안 번역된 책을 읽을 때, 특히 한시를 읽을 때 읽기는 읽었는데 무슨 내용인지 정확히 알 수 없는 경우가 많아서 한시와 관련된 고사를 자세히 밝히고자 했기 때문이다. 번역에 최선을 다한다고 했지만 혹 착오가 있다면 독자 여러분의 아낌없는 질정을 바란다.

『최척전』과 「만복사저포기」의 배경은 『춘향전』, 『흥부전』의 고장인 전라북도 남원이다. 또 남원시를 배경으로 한 최명희의 『혼불』이 있다. 남원시는 동편제 판소리의 고장이기도 하다. 우리나라 문학사와 음악사에서 매우 중요한 작품들이 어떻게 전라북도 남원시라는 한 도시를 배경으로 하여 탄생할 수 있었는지, 정말 신기한 일이다.

여러 어려운 출판사의 사정에도 관계하지 않고 아낌없이 책의 출판에 앞장 서주신 조승식 사장님과 편집, 교정의 번거로움을 즐겁게 감내해주신 신문희 씨의 고마움을 잊을 수 없다.

이제 뜨거운 여름이 시작된다. 여름의 푸르름을 만끽할 차례이다.

2012년 6월 서정섭

차 례

이야기 하나

최척전

『최척전』

『최척전』은 1621년(광해군 10년)에 조위한(1567~1649)이 남원을 배경으로 쓴 한문소설이다. 『최척전』은 역사상 실제 있었던 임진왜란과 정유재란, 호족의 명나라 침입 등의 전쟁을 시대배경으로 하며, 전쟁와중에 겪는 일상을 기록한 작품이다. 책의 겉 표지에 '기우록(奇遇綠)'이라 쓰여 있고, 작품 첫머리에는 『최척전(崔陟傳)』이라는 표제가 붙어 있다. 창작 동기는 조위한이 남원에 잠시 거주하고 있을 때 최척이 찾아와 자신의 기구한 삶을 이야기함으로 그 부탁을 받고 썼음을 밝혀, 가탁법을 쓰고 있다. 최척 일가와 주변 사람들이 겪는 기구한 삶의 역정을 감동적으로 그리고 있다.

주인공 최척은 실존 인물로 알려져 있는데, 역사상 실제 있었던 전쟁을 시대 배경으로 하고, 남원을 중심으로 하면서 조선·일본·베트남(안남)·중국·만주 등 매우 사실적이고도 드넓은 지역을 공간 배경으로 설정하고 있다.

남원에 사는 최척이 옥영을 사랑하여 약혼을 한다. 그러나 최척이 징병되자 옥영의 어머니는 이웃의 양생을 사위로 삼으려 한다. 옥영은 어머니의 권유를 철저히 반대하고, 저간의 사정을 안 최척은 진중에서 달려와 두 사람이 드디어 혼인을 하고 애정은 더욱 깊어진다. 이때 정유재란으로 남원이 함락되자 옥영

은 왜병의 포로가 되어 끌려가고, 최척은 중국 명나라 장군을 따라 중국으로 건너간다. 부부는 서로 생이별을 하게 된다.

여러 해가 지난 뒤 최척은 친구와 상선을 타고 안남(베트남)을 가게 되는데, 우연히 왜국의 상선을 타고 온 옥영과 재회한다. 이들은 중국으로 돌아와 아들 몽선을 낳는다. 몽선이 장성하여 임진왜란 때 조선에 출정한 진위경의 딸 홍도를 아내로 맞이하고, 이듬해 최척은 출전했다가 청군의 포로가 된 맏아들 몽석을 극적으로 만난다. 부자는 함께 수용소를 탈출하여 고향 남원으로 향하던 중 몽선의 장인 진위경을 만나고, 옥영 역시 몽선·홍도와 더불어 천신만고 끝에 고국으로 돌아와 일가가 남원에서 다시 해후한 후 단란한 삶을 누리게 된다.

『최척전』은 임진왜란, 정유재란을 배경으로 당시 전란을 맞은 남원의 상황을 사실적으로 묘사하고 있어 역사소설로서도 손색이 없는 전쟁 포로 소재의 문학이다. 또 옥영은 자기 스스로 사랑하는 사람을 선택하고, 또 그 사랑을 실천하기 위해 적극적으로 행동한다. 남성이 아닌 여성에 의해 사랑이 주도되고 있는 것도 놀랍다. 한편 최척의 둘째 아들 몽선과 중국인 여자 홍도가 국제결혼을 한다. 17세기 초 조선시대, 전제주의 국가에서 이국인과의 혼인이 흔치 않았는데도 국제결혼을 하는 선구

적 세계관을 『최척전』에서 볼 수 있다. 이미 400여 년 전에 다문화 가정을 이뤘던 『최척전』의 앞선 시대정신을 읽을 수 있다.

『최척전』은 서울대학교 도서관본, 고려대학교 도서관본, 일본 천리대학교 도서관본 이외에 다른 필사본 이본이 있다. 여러 판본의 중간중간 내용이 서로 다르고 빠진 부분이 있어 이를 종합하여 맥락이 통하도록 번역하였다.

최척(崔陟)의 자는 백승(伯昇)이고 남원 사람이다.

일찍이 어머니를 여의고 아버지 최숙(崔淑)을 따라 남원 부성의 서문 밖, 만복사(萬福寺)의 동쪽 마을에서 살았다.

척은 어려서부터 고삐 풀린 망아지처럼(倜儻척당) 친구들과 어울려 쏘다니기를 좋아하며, 기본예절조차 지킬 줄 모르는 불한당과 같았다.[1] 그 때문에 크게 걱정한 아버지가 하루는 척을 불러 꾸짖었다.

"너는 배우지도 못했고 예의범절도 모르고 사는 막된놈이니, 장차 사람 구실이나 제대로 하겠느냐. 지금 나라가 전쟁 중이라 각 지방마다 무사를 징발하고 있는데 너는 짐승이나 쫓아다니며 사냥하는 일에 빠져 나라의 운명은 생각하지도 않고 오로지 이 늙은 아비에게 걱정만 끼치니, 그래 가지고서야 어찌 너에게 효도를 바랄 수 있겠느냐.[2] 지금부터라도 스승을 좇아 학문을 배운다면 비록 과거에 급제하지는 못할지라도 종군(從軍)하여 배운 것을 활용하는 책무는 맡게 될 것이니, 활을 짊어지고 나가 위험을 무릅쓰는 일만은 면하게 될 것이다. 남문 밖에 정상사(鄭上舍)[3]가 사는데 나의 어릴 적 친구니라. 학문에 정통하고 문장에 능해 너와 같은 초보자 정도는 쉽게 가르칠 수 있다. 너는 그분을 스승으로 모시고 글을 배우도록 하라.”

척이 아버지의 따끔한 훈계에 마음을 바로잡고, 즉시 정상사를 찾아가 제자가 되었다. 그리하여 하루도 쉬지 않고 배우고 익히기를 거듭하니, 문장 실력이 나날이 늘어갔다. 그리고 수개월이 지나자 마침내는 큰 물줄기가 흐르듯 거침이 없게 되었다. 고을사람들이 척의 총명함을 전해 듣고 그 빠른 학업의 성과에 감탄하며 수재(秀才)라고 칭찬하였다.

최척이 스승에게 글을 배울 때면 언제부터인가 번번이 새앙머리를 한 처녀가 창밖에서 몰래 숨어 엿듣다가 돌아가곤 했다. 대략 열일곱이나 여덟쯤 되어 보이는 처녀였는데 얼굴이 마치 그림 속의 미인처럼 아름다웠다. 또한 머리칼은 유난히 새까맣고 윤이 났다.

어느 날 정상사가 식사를 하러 자리를 비운 사이 척이 혼자 앉아 책을 읽고 있었다. 그때 갑자기 창틈으로 쪽지가 날아들었다. 척이 주워 읽어 보니 곧 시경(詩經) ‘표유매(摽有梅)’[4] 시의 끝 구절로 <매실을 다 따서, 대바구니에 담고 있네, 나에게 장가들

기 원하는 사람이여, 말이 나왔을 때 어서 서두르시라(摽有梅 頃 筐塈之 求我庶士 迨其謂之)>는 내용이었다. 척은 순간 혼이 달아난 듯 정신을 차릴 수 없었다. 두근거리는 가슴을 진정시키지 못했고, 오락가락하는 생각도 정리가 되지 않았다. 누군지 모르는 쪽지의 주인을 밤에 한번 만나볼까 하다가도, 솥귀에 쇠고리를 매달 때 조심하라는 주역(周易)의 경고5)를 떠올려 이내 생각을 거두기로 하였다. 신중하게 생각해보자 해도 여인에게 향하는 욕망은 좀처럼 가라앉지 않고, 효도를 위해 잡념을 떨치고 오로지 학업에 정진해야 한다는 명분도 저버릴 수 없었다. 명분과 욕망의 치열한 싸움이 척의 마음을 어지럽혔다. 그러는 사이 정상사가 들어오는 기척이 있자 척은 재빨리 소매 속에 쪽지를 감추었다.

학업시간이 끝나고 정상사 집을 나오는데, 문밖에 푸른 옷을 입은 몸종6)이 기다리고 있다가 최척의 뒤를 따라왔다.

"저, 드릴 말씀이 있습니다."

척은 이미 시경(詩經)의 시구를 받아보고 마음의 동요가 있는 터인데 몸종이 말을 건네는 것을 알고 괴이하게 생각했다. 설마 저 여인이, 하면서도 그 궁금증을 풀기 위해 고개를 끄덕여 집으로 따라오라 했다. 집에 들어와 연유를 물으니, 몸종이 상세히 대답하였다.

"저는 이씨(李氏) 성을 가진 낭자의 몸종으로 춘생(春生)이라 합니다. 아씨께서 낭군님에게 화답(和쑴)의 시를 받아오라고 하셨습니다.”

“너는 정상사 댁의 아이가 아니냐? 그런데 어찌 이 낭자라 하느냐?”

“저의 주인댁은 본래 한양의 숭례문 밖 청파리(靑坡里)[7]에 살았습니다. 아씨의 부친이신 이경신(李景新) 어른이 일찍 돌아가시고, 홀어미인 심씨(沈氏) 부인과 아씨 둘이서만 사셨습니다. 아씨의 이름은 옥영(玉英)이라 하는데 바로 시를 적어 보낸 분입니다. 작년에 왜놈의 난을 피해 강화도에 갔다가 다시 배를 타고 나주의 회진(會津)[8]에 당도하여 한동안 지냈습니다. 그리고 다시 가을에 이곳 남원 땅으로 옮겨왔습니다. 정상사 어른은 주인마님과 가까운 친척이어서 마님과 아씨를 잘 보살펴주고 있습니다. 또한 아씨를 위해 배필을 구해주려고 애를 쓰시는데 아직은 좋은 사람을 찾지 못하셨다고 합니다.”

“네가 모시는 낭자가 과부의 딸인데, 어떻게 여자의 몸으로 글을 깨우쳤느냐? 설마 태어날 때부터 안다고는 할 수 없지 않느냐.”

“오라버니가 한 분 계셨는데 득영(得英)이라고 합니다. 문장이 대단하였지만 열아홉에 그만 결혼도 못하고 죽었습니다. 아씨께서는 오라버니에게 얻어듣고 배워 자신의 이름 정도는 쓸 줄 압니다.”

이야기를 다 듣고 난 최척은, 춘생에게 음식과 술을 내다주고 그간의 사정에 위로를 해주었다. 그리고 얇은 종이쪽지에 답장을 적었다.

　아침에 보내주신 낭자의 글은 진실로 저의 마음을 사로잡았습니다. 또 일러 보낸 심부름아이(靑鳥청조)9)를 통해 낭자의 내력을 알고 나니 벅차오르는 기쁨을 억제하지 못했습니다. 그러나 당신을 직접 만나보지 못한 저로서는 궁금증에 그저 답답할 뿐입니다. 거울 속에 비친 당신의 그림자에 의지할까요, 그림 속에 담긴 당신의 모습을 보며 말을 붙여볼까요? 상상만으로 당신의 모습을 떠올리기에는 참으로 제 가슴이 답답합니다.

　저는 당신을 빨리 만나보고 싶다는 마음속의 번민을 쉽게 떨쳐버리기 어렵습니다. 상자 속에 담긴 향을 몰래 훔치듯 당신을 찾아 나설까 하는 생각도 하였습니다. 그러나 몇 개의 산을 넘어야 봉래산(蓬萊山)이 있고 서쪽으로 얼마를 달려가야 약수(弱水)가 있는지10) 가늠조차 하기 어렵습니다. 이 궁리 저 궁리하는 사이에 얼굴이 누렇게 뜨고 목구멍에 침이 마릅니다.

　오늘 뜻하지 않게 양대(陽臺)의 무산신녀11)가 꿈속에 나타나듯, 사랑의 전달자인 서왕모의 시녀가 전해주는 글을 받았습니다. 제 생각으로는, 혼인으로 우의를 다진 진(秦)과 진(晉) 나라12)처럼 하루빨리 두 가문이 만나 혼사를 매듭지었으면 싶습니다. 그리하여 월하노인이 맺어주는 인연의 끈을 붙잡고, 당신과 삼생(三生)을 약속하며 한날한시에 죽어 함께 묻히자는 맹세를 하고 싶습니다.

　옥영은 답장을 받고 매우 기뻐했다. 다음 날로 즉시 춘생을 통해 편지를 써 보냈다.

저는 한양[13]에서 자랐습니다. 아버님이 일찍 돌아가시어, 형제도 없는 저는 홀어머니를 모시고 외롭게 살아왔습니다. 몸은 비록 고단하나 마음만은 항상 빙호(氷壺)[14]처럼 깨끗하게 살려고 노력했습니다. 여자가 행실을 바르게 하여야 한다는 것쯤은 알고 있기에 함부로 바깥출입도 하지 않았습니다. 그러나 임진년의 난리가 터져 주변이 온통 싸움터로 변하는 바람에 일가들이 뿔뿔이 흩어지고, 저희도 정든 집을 떠나 이 먼 남쪽까지 흘러와야 했습니다. 그나마 다행으로 저희는 친척에게 의지하여 따뜻한 보살핌을 받게 되었습니다.

저의 나이, 이미 비녀를 꽂을 시기[15]를 지났으나 아직 지아비를 구하지 못하였습니다. 어머니께서는 이 난리에 흉포한 자들이 저를 더럽히지나 않을까 걱정하고 또 제가 순결을 위해 자결하지나 않을까 우려하며, 항상 마음을 조이며 사십니다. 저도 제 한 몸을 어떻게 보존해야 할지 난감합니다. 나무이끼와 겨우살이[16]는 반드시 높은 나무에 의지하여야 한다는 말이 있습니다. 인생 백년의 고락(苦樂)이 남의 손에 달려 있기 때문입니다. 그러니 믿음직한 사람이 아닌 자에게 어찌 함부로 저를 맡겨 평생을 함께 할 수 있겠습니까.

외람된 말이오나, 저는 한동안 낭군님을 주의 깊게 살폈습니다. 온화하고 점잖은 말투며 당당하고 우아한 몸가짐과 행동, 믿음직한 기상이 한눈에 봐도 얼굴에 나타나 있었습니다. 현명한 지아비를 구한다면 바로 낭군과 같은 사람이 아니고 그 누구이겠습니까. 그 때문에 다른 사람의 아내가 되느니 차라리 낭군의 천한 첩이 되겠다고 생각했습니다. 하오나 제 운명이 기구하여 낭군에게 적합한 배우자가 되지 못할까, 그것이 두렵습니다.

어제 시를 적어 보냈던 일은, 음란한 마음으로 낭군을 유혹하려는 행동이 아닙니다. 다만 제 뜻을 전하여 낭군님의 생각을 가늠해보고 싶었기 때문입니다. 그런데 뜻밖에도 낭군님의 고마운 답장을 받게 되었습니다. 하온데, 제가 비록 볼품이 없지만 저잣거리의 막된 여자는 아니기에, 당장 땅굴이라도 파서 낭군에게 달려가고 싶은 마음을 스스로 억누르고 있습니다.

반드시 부모님께 알려 정식으로 혼례의 절차를 밟아 주십시오. 그래야 바르고 성실한 지어미로서 떳떳하게, 저 맹광(孟光)이 몸을 굽혀 밥상을 나르듯[17] 낭군을 공경하며 모시지 않겠습니까.

시를 보내 먼저 자신을 욕되게 하고, 이어 스스로 자신을 중매하는 추한 꼴을 보이고 있습니다. 다시 또 편지를 주고받는다면, 그것은 정녕 규방의 정조(貞操)를 잃는 것과 다름이 없을 것입니다. 이제 서로의 마음을 알았으니 더 이상 불필요한 편지를 전할 이유가 없겠지요. 이후에는 꼭 매파를 통해 소식을 전하십시오. 제가 행로장(行路章)의 놀림이 되지 않으면[18] 그나마 천만다행이라 생각하고 일이 잘 되기를 기다리겠습니다.

최척이 옥영의 편지를 다 읽고 크게 기뻐했다. 그래서 틈을 보아 아버지에게 넌지시 말을 꺼냈다.

"제가 들으니 과부로 딸 하나를 두고 있는 분께서 한양에서 내려와 정상사댁에 머무르고 있다 합니다. 딸의 나이가 스물 정도인데[19] 제가 마음에 두고 있으니, 아버지께서 저를 위해 상사님께 말을 넣어 달라고 해보십시오. 신붓감으로 훌륭한 여자라서 어떤 발 빠른 자가 먼저 손을 쓸지도 모릅니다."

"그 처자의 집안이 명문가라 들었다. 천리 먼 길을 부평초처럼 떠내려왔지만 반드시 부유한 집안을 찾을 것이다. 우리가 가난한데 저쪽에서 받아들이겠느냐.”

아버지가 잘라 말하자, 척이 다시 간절하게 매달렸다.

“일단 가셔서 말이나 들어가도록 해보십시오. 성사 여부야 하늘의 뜻에 달려 있지 않겠습니까.”

척의 간청을 뿌리칠 수 없어, 이튿날 아버지가 정상사를 찾아가 말을 꺼냈다. 정상사가 친구의 말을 듣고 나서 말했다.

“내 사촌여동생20)이 난리 통에 한양에서 이곳으로 내려와 잠시 나에게 의지하고 있네. 그 딸아이의 용모가 빼어나고 규방의 법도를 알아 제법 행실이 바르기에 내가 나서 사방으로 훌륭한 가문을 찾아 혼처를 구하고 있긴 하네. 자네 아들이 분명 뛰어난 인재라서 남의 사윗감으로 내세우기에 부족함이 없으나 다만 가난한 것이 우려되네. 내가 사촌누이와 진지하게 상의해본 후에 알려 주겠네.”

아버지께서 돌아와 척에게 그 말을 전해주었다. 척은 일단 되었다 싶으면서도 돌아올 대답에 몹시 긴장하고 초조해하며 그 며칠을 애타게 기다렸다.

한편 정상사가 심씨 부인에게 척에 관한 말을 꺼내자, 심씨 부인 역시 척의 가난한 처지에 곤란해 했다.

“제가 집을 버리고 떠돌아다니는 처지로, 이 한 몸을 의지할 데라고는 딸아이밖에 없습니다. 부잣집에 시집을 보내야 할 터인데 집안이 가난하다 하니, 비록 현명하다고는 하나 저는 싫습니다.”

그날 밤 옥영이 어머니에게 무슨 말을 하려고 어물거리다가 결국 입을 다물고 말았다. 어머니가 눈치를 채고 물었다.

"네가 할 말이 있는 모양인데, 하고 싶은 말이 무엇인지 숨기지 말고 말해 보거라."

옥영이 속내를 들킨 것에 당황하여 얼굴을 붉혔다. 어머니가 다시 강하게 재촉하자 그때서야 어렵게 말을 꺼냈다.

"어머니께서 사윗감은 반드시 부자이어야만 된다고 하시는데, 그렇게 생각하시니 저는 무척 안타깝고 서글픕니다. 부유한 집안에 사위까지 현명하다면 그 얼마나 좋겠습니까. 그러나 먹고살만한 집안이지만 사위가 어질지 못하다면 그 집안이 장차 어떻게 보존되겠습니까. 만약 선량하지 못한 사람을 제 지아비로 삼는다면 비록 식량이 넘쳐나도 우리가 나누어 먹을 수 없을 겁니다. 제가 최생을 살펴본 바로는, 숙부님께 매일 글을 배우러 오는데 볼수록 성실하고 믿음직했습니다. 결코 경박하고 막된 사람이 아닙니다. 저는 그러한 사람을 배필로 맞이한다면 죽어도 여한이 없습니다. 가난은, 선비로서 일상적인 것입니다. 저는 의롭지 않으면서 부유한 것을 바라지 않습니다. 부디 그에게 시집을 갈 수 있게 결정해주십시오. 이러한 말을 소녀의 몸으로 직접 입에 담는 경우가 옳지 않은 줄은 알지만, 제 혼사에 관련된 중요한 일인데 어찌 소녀의 수치로만 여겨 나서기를 꺼려하겠습니까. 제 가슴속에 품은 말을 하지 않고 있다가 행여 형편없는 사람에게 시집이라도 가게 된다면, 그건 저의 일생이 망가지는 일입니다. 속된 말로 깨진 시루는 다시 붙여 쓸 수 없고, 한번 염색한 옷감을 다시 희게 할 수 없는 것처럼 뒤늦게 울며 후회한다 해도 소용이 없을 겁니다.[21] 더구나 제 처지는 다른 사람과 다릅니다. 집안에 엄한 부친이 계시지 않습니다. 왜적이 인근에까지 쳐들어와 있는 이럴 때야말로 충직하고 성실한 사람에게 우리 모녀의 몸을 의탁해야 하지 않겠습니까? 제 뜻을 가로막는다면, 저는 차라리 혼례를 치르지 않고 시집간 안씨녀(顔氏女)처럼 최생을 따르겠습니다.[22] 서오씨(徐吾氏)의 누이처럼 분란을 자초하는 선택은 피하겠습니다.[23] 어찌 깊은 규방에 몸을 사리고 앉아 사람들이 전하는 말이나 들으며, 최생을 제 머릿속에서 지워야만 합니까?"

옥영의 절절한 말을 듣고 나서, 어머니는 결코 옥영의 뜻을 꺾을 수 없다는 걸 알았다.

다음 날 심씨 부인은 정상사를 만났다.

"지난밤에 다시 생각해보니, 최생이 비록 가난하나 제 생각에도 좋은 선비라고 생각합니다. 부유하고 가난한 것은 하늘에서 내려주는 것이라, 사람의 힘으로는 할 수 없지요. 사람 됨됨이를 모르는 자에게 무턱대고 시집을 보내느니 이왕이면 성실한 최생을 사위로 삼을까 합니다."

"누이가 그리 결정했다면, 내가 나서서 성사를 시키겠네. 최생이 비록 가난한 선비지만 옥과 같이 훌륭한 사람이네. 한양에 가도 이만한 인물을 찾기 어렵지. 앞으로 뜻을 세워 학업에

더욱 정진한다면 못 속의 물고기들과는 달리, 틀림없는 용이
되어 줄 걸세.”

정상사는 그날로 매파(媒婆)를 놓아 혼인날을 구월24) 보름으
로 잡았다. 최척이 소식을 듣고 기뻐하며 어서 그날이 빨리 돌
아오기를 손꼽아 기다렸다.

그런데 얼마 지나지 않아 전 참봉 변사정(邊士貞)25)이 의병을
일으켜 영남 방면으로 나아가려고 했다. 이때 척이 활을 잘 쏘
고 말을 잘 탄다 하여 즉시 병사로 뽑아 데려갔다.

혼례를 앞두고 갑작스레 의병에 가담하게 된 최척은, 병영생
활을 하면서도 근심으로 잠을 이루지 못하고 끝내는 병이 날
지경이었다. 드디어 혼인날이 코앞으로 다가오자 척은 휴가를
청하는 글을 올렸다. 그러자 의병장이 크게 화를 냈다.

“지금이 어느 때라고 이 판국에 네가 감히 혼례를 치른다는
말을 꺼내느냐. 임금께서 난리를 피해 산야를 떠돌고 계시는데,
신하가 된 자로서 당연히 창칼을 베개 삼아 쉴 새 없이 전선을
누벼야 하거늘 무슨 소리를 하는 것이냐. 너 또한 아직 장가들
나이도 아니니 적을 무찌르고 나서 혼례를 치러도 늦지 않다.”

의병장은 끝내 휴가를 허락하지 않았다.

옥영은 혼인날이 지나도 최척이 돌아오지 않자, 밥도 먹지 못
하고 잠도 제대로 자지 못한 채 매일같이 근심과 걱정으로 날

을 보냈다.

그렇게 자나 깨나 걱정을 하며 지낼 때, 인근에 양(梁)씨 성을 가진 부자가 옥영이 어질고 지혜롭다는 말을 듣고 또 최척이 전선에 나가 돌아오지 못하고 있다는 걸 알았다. 그 틈을 노려 옥영을 며느리로 삼기 위해 정상사의 처에게 남몰래 많은 뇌물을 건네주며 혼사를 부탁하였다. 때문에 정상사의 아내가 날마다 심씨 부인을 설득하였다.

“최생의 집안은 가난하여 아침저녁으로 끼니를 걱정해야 합니다. 홀아버지 한 분도 부양하기 어려워 남의 도움을 받아야 할 것입니다. 그러니 어느 세월에 재산을 모으고 걱정 없이 집안을 보전해 나가겠습니까. 또한 최생이 지금 종군하여 돌아오지 않고 있는데, 장차 생사를 어찌 장담할 수 있겠습니까. 양씨는 큰 부자여서 재산이 아주 많습니다. 그의 자식 또한 현명한 것으로 따지자면 최생에 못지않습니다.”

이후 정상사까지 나서 번갈아 권하니, 심씨 부인의 마음이 차츰 돌아섰다. 그래서 시월 안으로 날을 잡아 택일단자26)를 보내기로 약속했다. 이로써 사실상 최척과의 혼인이 파기되어 버렸다.

옥영이 밤에 어머니에게 울먹이며 하소연하였다.

“최생이 의병에 휩쓸려 가서 돌아오지 않은 것은, 의병장이 허락을 해주지 않았기 때문입니다. 결코 최생이 스스로 약속을 어긴 것이 아닙니다. 그이의 말을 들어보지도 않고 경솔하게 혼인을 파기하였으니, 누가 봐도 옳지 않은 일입니다. 이대로 제 뜻을 꺾으려 하지만 저는 죽어도 다른 사람에게 시집가지 않겠습니다. 어머니는 제가 믿고 의지하는 저의 중심이신데, 부디 남의 말에 휘둘리지 마십시오.”

“네가 어찌 고집을 피우느냐. 가장인 나의 뜻을 따를 것이지 어린 네가 어찌 세상을 안다고 함부로 나서는 거냐?”

심씨 부인이 단호한 말투로 꾸짖었다.

옥영이 이내 탄식하고 눈물을 흘리더니 그대로 자리에 누워 꼼짝도 하지 않았다.

밤이 깊어 어머니도 잠이 들었는데 꿈결에 숨이 막혀 컥컥거리는 소리가 어렴풋이 들려왔다. 불현듯 불길한 예감이 들어 옥영이 누워 있던 자리를 더듬어 보았다. 그러나 옥영이 손에 잡히지 않았다. 소스라치게 놀라 일어나서 사방을 둘러보니 옥영이 창문 벽에 수건으로 목을 감고 매달려 있었다. 손과 발은 이미 차가워졌고 목구멍에서 골골거리는 소리만 이따금 들려오는데 그마저 점차 희미해지며 금방이라도 숨이 멎을 것 같았다. 놀란 어머니가 서둘러 수건을 푸는데 마침 춘생이 불을 밝히고 들어왔다. 어머니는 옥영을 붙들어 안고 통곡하며 작은 그릇으로 입에다 물을 조금씩 흘려주었다. 옥영은 조금 후에 서서히 의식을 회복하기 시작했다.

소식을 들은 정상사 댁에서도 한걸음에 달려와 옥영의 회복과 안정을 위해 애를 썼다. 이 일이 있은 후 그 누구도 양씨 집과의 혼인에 대해 말을 꺼내지 않았다.

최숙이 편지를 써서, 아들 척에게 이 사실을 자세히 알렸다. 척이 그렇지 않아도 병을 앓고 있었는데 편지를 받고 나서 크게 놀란 나머지 병세가 더욱 심해져 위급한 지경에27) 이르렀다. 의병장이 척에 대한 보고를 받고는 즉시 집으로 돌아가도록 조치했다.

최척이 아픈 몸을 이끌고 겨우 집으로 돌아왔는데, 집에 온 지 며칠이 되지 않아 그 심했던 병이 거짓말처럼 나았다.

마침내 두 사람은 동짓달 초하룻날에 정상사 댁 마당에서 혼례를 치렀다. 아름다운 두 사람이 만나 결혼을 하니 주변에서 사람들이 모여들어 기뻐해주었다.

혼례의 절차를 다 마친 후 척이 옥영과 함께 심씨 부인을 자기 집으로 모시고 들어가는데 대문 밖에서는 기다리던 노복들이 기뻐하고, 안에서는 찾아온 일가친척들이 반갑게 맞이하며 축하해주었다. 이로써 한 집안의 경사에 즐거움이 더하고 인근 마을의 기쁨이 되었다.

옥영은 시집온 이후 자기가 직접 나서서 집안 살림을 해나갔다. 베를 짜고 절구질을 하면서, 시아버지와 남편을 섬기는 일에 지극한 효성과 성실함을 보였다. 윗사람을 공경하고 아랫사람을 다스리는 일이 모두 예법에 어긋나지 않았으니, 고을사람들이 소문을 듣고 양홍(梁鴻)의 아내나 포선(鮑宣)의 아내28)라도 따르지 못할 정도라고 칭찬했다.

척이 아내를 얻은 후 모든 일이 뜻대로 풀리고 살림도 점차 나아졌으나 자식이 늦어지는 것이 마음에 걸렸다. 그 때문에 매월 초하루가 되면 부부가 만복사(萬福寺)에 찾아가 기도하였다.

갑오(甲午: 1594) 해인 금년 정월 초하룻날에도 만복사에서 기도를 하고 돌아왔는데, 밤에 금신(金身)을 한 장륙불(丈六佛)29)이 옥영의 꿈에 나타났다.

"나는 만복사의 부처다. 너희의 정성을 갸륵하게 여겨 좋은 사내아이를 내려주겠다. 그 아이의 몸에 특이한 표식이 있을 것이다." 하시고는 사라졌다.

시간이 흘러 부처님의 말씀대로 사내아이가 태어났는데, 등에 난 붉은 점이 흡사 조그만 아이의 손바닥 같은 형상을 하고 있었다. 그래서 아이의 이름을, 꿈에 부처님이 나타나 점지해 주었다 하여 '몽석(夢釋)'이라 하였다.

최척이 평소에 퉁소를 잘 불었다. 달이 떠오르는 밤이나 꽃이 활짝 피어난 아침이면 곧잘 아내에게 퉁소소리를 들려주었다.

춘삼월의 어느 날 밤이었다. 맑게 갠 하늘에 하얀 달이 휘영청 밝아오고, 산들바람에 날리는 꽃잎들이 옷자락에 어지러이 흩어져 떨어지자 은은한 향기가 코끝을 스쳤다. 부부가 술항아리를 놓고 음식을 나누며 봄밤의 정경을 즐기는데, 척이 퉁소를 들어 세 차례나 연이어 아름다운 곡조를 들려주니 그 잔잔한 여음이 옥영의 귓가에 남아 길게 이어졌다.

그 가락에 취한 듯 한동안 정신을 놓고 있던 옥영이 나직이 말했다.

"첩(妾)30)은 본래, 아녀자들이 시를 읊는 것을 좋아하지 않았습니다. 하오나 이 밤의 정취가 너무 아름다워 제 마음을 억제하지 못하겠습니다."

옥영이 잠시 생각에 잠기더니 이내 목을 가다듬고 나서 칠언절구(七言絕句) 한 수를 지어 읊었다.

내 님31)의 퉁소소리에 달도 내려와 함께 들으려 하네
바다처럼 푸른 하늘, 곳곳에 서늘한 별빛이슬32) 맺혔네
우리 부부 언젠가는 푸른 난새를 타고 함께 갈지니
봉도(蓬島)33)로 가는 길, 안개로 헤매지 않게 하소서.
公子吹簫月欲低　碧天如海露凄凄
會須共御靑鸞去　蓬島烟霞路不迷

척이 아내의 시를 듣고 깜짝 놀랐다. 아내가 이렇게 시를 잘 지으리라고는 전혀 생각하지도 못한 터라 거듭 감탄하지 않을 수 없었다. 즉시 화답의 시를 지었다.

요대(瑤臺)34)는 아직 먼데 새벽구름이 벌써 붉어져오네
난새와 함께 하는 퉁소가락 아직 끝나지 않았는데.
여운이 공중에 가득한데 달은 서산을 넘어가고 있네
뜰에 핀 꽃 그림자에 바람은 달콤한 향기를 전해주는데.
瑤臺縹緲曉雲紅　吹徹鸞簫曲未終
餘響滿空山月落　一庭花影動香風

척이 시를 다 읊자 옥영은 기쁨에 벅차오르는 감정을 어쩌지 못하였다. 그러나 흥분된 감정이 어느 정도 가라앉자 갑자기 슬픈 생각이 들며 눈물이 흘러나왔다. 옥영이 다소 처진 목소리로 말했다.

"사람 사는 일에 좋은 일이 있으면 나쁜 일도 생긴다는데, 앞으로 살아가면서 우리 부부에게 이처럼 좋은 일만 있으란 법이 없습니다. 문득 그런 생각이 떠올라서 이렇듯 마음이 허전해지며 온갖 감정이 갈마듭니다."

척이 소매로 옥영의 눈물을 닦아주며 위로의 말을 건넸다.

"굽기도 하고 펴지기도 하며 찼다가 비워지기도35) 하는 것이 하늘의 이치입니다. 사람이 살아가는 데 좋은 운이 있고 나쁜 운도 있습니다. 그리고 후회하여 좋은 길로 가거나 욕심을 내어 나쁜 길로 가는 것36)도 흔히 있을 수 있는 일입니다. 설혹 불행

한 일이 생긴다면 여러 가지 수단을 동원하여 대처하면 됩니다. 당신과 내가 힘을 합쳐 노력하는데 어찌 불행을 이기지 못하겠습니까? 그러한 생각은 괜한 걱정입니다. 옛사람이 경계하여 말하기를 '좋은 말에 좋은 일이 생기고, 나쁜 말에 나쁜 일이 생긴다.' 하였습니다. 속담에도 또한 그와 같은 말이 있는데, 쓸데없는 근심과 걱정으로 오늘의 기쁜 마음을 상하지 마십시오."

이 일이 있은 후 부부의 사랑이 더욱 깊어갔고, 서로를 일컬어 '지음(知音)'37)이라 하며 하루도 떨어져 지내는 일이 없었다.

정유년(1597) 팔월, 남원이 왜적에게 함락되어 고을사람들이 모두 살길을 찾아 달아났다. 최척의 일가도 지리산의 연곡(燕谷)으로 피난을 갔다. 척이 옥영에게 남자 옷을 입히고 많은 사람들 사이에 섞여 있게 하였는데, 아무도 옥영이 여자인 것을 알아차리지 못하였다.

산에 들어온 지 며칠이 지나자 가지고 온 식량이 떨어져 모두가 굶을 지경이 되었다. 척이 장정 몇 사람과 함께 식량을 구하고 적의 움직임도 살필 겸해서 산을 내려갔다. 조심스럽게 몸을 움직여 구례에 이르렀을 때 갑자기 왜적들이 나타났다. 일행은 재빨리 바위와 수풀에 의지하여 몸을 피했다. 그날 왜적이 연곡에 들이닥쳐 주변의 산과 골짜기를 누비며 닥치는 대로 사람을 죽이고 재물과 식량 등을 약탈해갔다. 척의 일행은 적의 출몰에 함부로 움직이지 못하고 제자리에 갇힌 채 꼬박 삼 일을 보냈다. 적이 물러간 뒤 서둘러 연곡에 돌아와 보니 곳곳에 시체들이 쌓여 있고 흐르는 피가 낭자하게 흘러 냇물을 이루었다. 아무리 둘러봐도 살아 움직이는 사람을 찾아볼 수 없었다. 그때 저쪽 숲에서 울부짖는 소리가 희미하게 들려왔다. 척이 서둘러 그쪽을 향해 다가가니 노약자 몇이 몸에 상처를 입은 채 신음하고 있었다. 그들은 척을 보자 울면서 사정을 설명해 주었다.

"적병이 이 산에 들어와 삼 일을 머무르면서 재물을 약탈하고 사람들을 마구 죽였소. 어제 그놈들이 물러가며 자녀들을 모두 끌고 갔는데, 섬진강에 주둔한다고 했소. 가족들을 찾으려면 강으로 내려가 보시오."

척이 땅을 치고 통곡하였다. 잠시 후 척은 섬진강을 향해 달려갔다. 몇 리를 가지 않아 시체가 어지러이 널려 있는 것이 보였다. 척이 그 하나하나를 살펴보는 도중 약하게 이어졌다 끊어지기를 반복하는 신음소리가 들려왔다. 소리를 따라가 보니 얼굴이 온통 피로 얼룩져 누군지조차 알아볼 수 없는 여자였다. 그러나 입은 옷을 자세히 살피니 춘생의 것과 같았다. 척이 놀라 큰 소리로 "너, 춘생이 아니냐?" 하고 묻자, 춘생이 겨우 눈을 뜨고 바라보았다. 춘생이 힘겨운 목소리로 말했다.

"낭군님, 낭군님이시군요! 주인님의 가족들은 모두 왜적들에게 끌려갔다고 들었어요. 저는 몽석 아기씨를 등에 업고 달아났지만 빠르지 못해 뒤쫓아 온 왜놈의 칼에 그만 쓰러졌습니다. 거의 죽었다가 반나절 만에 겨우 정신을 차리고 보니, 등에 업은 아기씨가 보이지 않았습니다. 아기씨가 어떻게 되었는지 모르겠어요.”

말을 마치고 나서 기운을 다한 춘생이, 얼마 후 끝내 숨을 거두고 말았다. 척이 가슴을 치고 땅을 구르며 춘생의 죽음을 안타까워했다. 그러나 이미 숨이 멎은 뒤라 더는 어쩔 수가 없었다.

척이 다시 일어나 섬진강을 향해 걸어갔다. 강에 이르니 둑 위에 상처를 입은 수십 명의 노약자들이 한데 모여 고통에 울부짖고 있었다. 척이 다가가서 끌려간 사람들의 행방을 물었다.

“우리도 산에 숨어 있다가 왜놈들에게 잡혀 여기까지 끌려왔네. 놈들이 배에 태우려고 하다가 장정들만 가려 싣고 우리같이 늙고 약한 사람들에겐 이렇게 칼을 휘두르고 갔네.”

말을 듣고 척이 다시 통곡했다. 그리고 이 세상에 자기만 혼자 남아 있다는 생각에 살아갈 의욕을 잃었다. 척이 격정에 못 이겨 스스로 죽으려고 하자 주변사람들이 나서서 말렸다.

겨우 감정을 추스르고 난 최척이, 사람들이 끌려갔다는 나루터38)에 가보았으나 가족의 흔적이라곤 조금도 찾을 수가 없었다. 척은 하는 수 없이 남원을 향해 발길을 돌렸다. 그래도 혹시나 하는 마음에서 주변을 샅샅이 살펴보며 가느라 꼬박 삼 일이 걸렸다.

집에 돌아와 보니 담이 무너지고 기와가 내려앉았으며 불에 타 사그라지지 않은 연기가 그때까지 피어오르고 있었다. 읍내에는 시체들이 곳곳에 산더미처럼 쌓여 있어 발 하나 내딛을 틈조차 없었다.

척은 읍내를 돌아다니다가 남문 밖 금교(金橋) 부근에 이르러 지친 몸을 내려놓았다. 바닥에 주저앉자 그동안 잘 먹지도 못하고 정신없이 돌아다닌 탓인지 온몸의 힘이 다 빠져나가 정신마저 아득해져왔다.

이때 명나라 장수가 말을 탄 병사 십여 명을 이끌고 성에서 나와, 금교 아래의 냇가에서 말을 씻겼다. 척이 의병으로 있을 때 한동안 명군을 접대하며 지낸 적이 있어 중국말을 조금 할 줄 알았다. 척이 명나라 장수에게 다가가서 가족을 모두 잃어버린 이야기와 이제 의지할 곳이 없다는 말을 하였다. 그러고 나서 명군을 따라 중국에 들어가 살고 싶다고 했다. 명의 장수가 척의 사정을 불쌍히 여기고 그 뜻을 애처롭게 생각했다.

"나는 총병(總兵) 오(吳) 장군 밑에 있는 천총(千總)39) 여유문(余有文)이다. 우리 집은 절강(浙江)의 요흥부(姚興府)40)에 있는데 가난하지만 밥은 먹고살만하다. 살아가며 마음이 통하는 사람을 만나는 것처럼 소중한 일도 없다. 마음이 맞고 뜻이 통하면 서로 찾아가 편히 지낼 수 있으니 어찌 멀고 가까운 곳을 가리겠느냐. 네가 그리워할 가족을 모두 잃었는데 어찌 이곳에서 살고 싶겠느냐. 이미 떠나기로 결심한 너의 마음을 충분히 이해하였으니, 내가 그 청을 받아주겠다."

여유문이 말 한 필을 내어 최척을 태우게 하고 자기 진영으로 데려갔다. 그리고 한동안 살펴보니, 용모가 뛰어나고 생각이 깊으며 문장뿐만 아니라 활쏘기와 말타기를 잘하였다. 여유문은 그러한 최척을 좋아하여 자기 막사에서 함께 식사하고 잠자도록 하였다.

얼마 후 오총병의 부대가 명나라로 돌아가게 되었다. 최척은 부대의 전사자와 실종자의 명단을 관리하는 직책을 맡아 명군과 함께 국경을 넘었다. 그리고 다시 여유문을 따라 요흥 지방으로 들어갔다.

앞서, 최척의 가족이 적에게 붙잡혀 강에 이르렀을 때였다. 척의 아버지와 장모는 늙고 병이 들었기 때문에 왜적들의 감시가 그다지 심하지 않았다. 둘은 그 틈을 노려 갈대밭에 몸을 숨겼다. 드디어 적이 배를 타고 물러가자 숨은 곳에서 나와 길을 나섰다. 그리고 헤어진 가족의 행방을 찾아, 마을에서 밥을 얻어먹으며 이곳저곳을 떠돌아다녔다. 연곡사(燕谷寺)에 이르러 잠시 뜰에 앉아 쉬고 있는데 승방(僧房)에서 아기의 울음이 들려왔다. 심씨 부인이 귀를 기울이니 손자아이의 울음소리와 너무 비슷한지라 왈칵 눈물이 났다.

"저 아기의 울음소리가, 우리 아기와 같지 않나요?"

심씨 부인의 말을 듣고, 최숙이 달려가 방문을 열고 안을 들여다보았다. 과연 몽석이였다. 최숙이 얼른 아기를 끌어다가 품에 안고 울음을 달랬다. 잠시 후 아기가 울음을 그치자 스님에게 물었다.

"이 아기를 어디서 만났습니까?"

스님의 법명은 혜정(慧正)이었다.

"길을 가는데 시체 사이에서 아기의 울음이 들려왔습니다. 가련하게 여기고 이곳으로 데려왔습니다. 부모가 찾아오기를 기다렸는데 이렇게 만나게 되었군요. 이 일은 정말 하늘의 뜻입니다."

손자를 되찾은 최숙이 심씨 부인과 번갈아 아기를 업고 남원으로 돌아왔다. 그리고 흩어진 노복들을 모으고 집안일을 하나씩 정리하기 시작했다.

이때 왜놈에게 끌려간 옥영은, 왜장 돈우(頓于)의 종이 되어 있었다. 돈우는 늙은이로 본래 살생을 좋아하지 않았으며 오로지 부처님의 자비를 믿는 사람이었다. 배를 부리며 상업에 종사하고 있었는데 왜장 고니시 유키나가[41]가 군선의 책임자로 삼는 바람에 전쟁터에 나오게 되었다.

돈우는 옥영의 재주를 아껴 좋은 옷과 음식을 주어 포로가 된 마음을 위로해 주었다. 그러나 옥영이 세 차례나 배 밖으로 나가 빠져죽으려 하였기에 행여 달아나 자결하지나 않을까 항상 걱정을 하였다.

그러던 어느 날, 옥영의 꿈에 장륙금불(丈六金佛)이 나타났다.

"나는 만복사의 부처다. 네가 죽으려 하지 않는다면 반드시 뒤에 좋은 일이 있을 것이다."

옥영이 꿈에서 깨어나 곰곰이 생각하였다. 그리고 생각 끝에 '가능성이 만에 하나밖에 없다 해도 진정으로 간절히 원한다면 무엇이든 얻을 수 있지 않겠느냐.'고 마음을 다잡았다. 이후 자결할 생각을 버리고 자신의 소망을 이루기 위해 식사도 꼬박꼬박 챙겨먹었다.

전쟁이 끝난 후 돈우는 일본의 자기 집으로 돌아갔다. 집은 낭고야42)에 있었다. 집안에는 늙은 부인과 어린 딸이 있을 뿐 아들이 없었다. 돈우는 옥영을 데려다 집안일을 돕게 하고 바깥출입은 하지 못하게 하였다. 그리고 혹시라도 전처럼 몹쓸 일을 저지를까 염려하여 사람들에게 각별히 보살펴 주라고 일러두었다.

하루는 옥영이 돈우에게 간청을 하였다. 이때도 옥영은 여전히 남자 행세를 하고 있었다.

"저는 본래 몸이 허약한 남자입니다. 약골에 병이 많아서 본국에서도 장정들이 하는 일은 전혀 하지 못했습니다. 다만 재봉질과 밥 짓는 일은 할 줄 압니다. 다른 일은 감당할 자신이 없습니다."

말을 듣고 돈우가 더욱 가엽게 여겼다. 그래서 이름을 사우(沙于)라 짓고, 상선(商船)에 태워 식당의 책임자로 삼았다. 옥영이 탄 배는 중국의 복건성과 절강성을 오가며 무역을 하는 배였다.

이 무렵에 최척은 요흥에 살고 있었는데, 여유문과는 형제의 결의를 맺은 처지였다. 여유문은 혼자 지내는 척이 안쓰러워 자기의 누이와 결혼시키려고 하였다. 그러나 척이 정중하고 단호하게 거절하였다.

"저의 가족이 전부 왜적에게 피해를 입었습니다. 아직도 늙은 아버지와 아내의 생사를 몰라 상복을 입고 장례를 치를 수도 없는 형편입니다. 그런데 어찌 아내를 얻어 저의 편안함을 꾀하겠습니까?"

여유문이 최척의 마음을 헤아려 말을 거두어들였다.

그해 겨울에 여유문이 병으로 그만 세상을 떠났다. 형제와 다름없는 여유문이 죽자 척은 다시 의지할 곳을 잃어버렸다.

한동안 실의에 빠져 있던 척은, 문득 세상을 떠돌며 명승지나 둘러보고 싶다는 생각을 했다. 그래서 길을 나서 용문(龍門)과 우혈(禹穴)을 찾아가고,43) 소상(瀟湘)44)의 강변을 두루 돌아다니다가, 배를 타고 동정호(洞庭湖)를 거슬러 오르며 악양루(岳陽樓)와 고소대(姑蘇臺)45)에도 올랐다. 산과 호수를 누비다가 때론 시가를 읊기도 하며, 그저 흐르는 물처럼 구름처럼 떠돌아다녔다. 그러는 사이 훌쩍 속세를 떠나 조용히 살고 싶은 마음이 생겨났다.

때마침 해섬도사(海蟾道士)라 부르는 왕용(王用)이 촉(蜀)의 청성산(靑城山)46)에 은거하고 있다는 소문을 들었다. 단사(丹沙)로 불사약을 만들고 심신을 단련하여47) 대낮에도 하늘을 날아다니는 재주를 터득하였다는 말을 들었다. 척이 촉으로 그를 찾아가 배우고자 하였다.

그럴 즈음 주우(朱佑)라는 사람을 만났다. 호가 학천(鶴川)인데, 항주(杭州)의 용금문(湧金門)48) 밖에 살고 있었다. 경전(經典)과 역사에 두루 통하여 학식이 풍부하지만 공명(功名)을 탐내지 않고 단지 저술 활동만 하고 지냈다. 남에게 베풀기를 좋아하는 성격에다 의로운 인물이었다. 그러한 주우가 떠돌이 최척을 허물없는 친구로 받아주었다. 하루는 척이 천성산에 들어가려 한다는 말을 듣고는 술병을 들고 찾아왔다. 잔이 오가며 술기운이 어느 정도 무르익었을 때 주우가 다정한 어조로 말을 꺼냈다.

"여보게 백승(白昇). 누군들 죽지 않고 오래 살고 싶지 않은 사람이 있겠는가. 예로부터 이 세상에 그러한 이치는 존재하지 않았네. 앞으로 우리가 얼마를 더 살겠나. 믿을 수 없는 불사약을 먹고 또 단식을 통해 굶주림을 견디려 하다니. 그렇게 자신의 몸에 고통을 주면서까지 어찌 산귀신들과 함께 지내려고 하는가. 내가 이제 오·월(吳越)49)을 넘나들며 비단과 차를 거래하는 장사를 시작하려고 하네. 백승도 나를 따라 한 척의 배에 몸을 싣고 여생을 즐겁게 보내고 싶지 않은가? 그 또한 인생을 아는 사람들이 취할 수 있는 삶이 아니겠는가?"

척이 화들짝 놀라며 깨달은 바가 있었다. 그래서 주우와 함께 일을 하기로 마음을 정했다.

척이 주우를 따라가 함께 거주하며, 상선을 타고 안남(安南)지방50)을 왕래하였다. 경자년(1600) 봄, 이날도 안남의 어느 포구에 배를 댔는데 일본 배도 십여 척 들어와 있었다.

정박하여 십여 일이 지난 사월 초이틀51)의 밤이었다. 하늘엔 구름 한 점 없고 바다는 검은 비단을 풀어놓은 듯하였다. 바람이 없어 파도가 일지 않았고, 달이 없어 그림자도 비치지 않았다. 사방이 깜깜하고 고요하기만 했다. 밤이 깊어가자 뱃사람들이 하나둘 잠들고 이따금 바닷새의 울음만이 정적을 깰 뿐이었다. 이때 일본 배가 있는 쪽에서 염불소리가 들려왔다. 밤공기를 가르며 나직이 들려오는 그 소리는, 한이 서린 듯 애절한 가락을 띠고 이어져갔다. 척이 배의 창문52)에 기대어 염불소리를 듣고 있다가 문득 자신의 처량한 신세를 생각하고 마음이 울적해졌다. 짐 보따리에서 퉁소를 꺼내들고 슬픈 계면조(界面調)53) 가락으로 자신의 한을 담아 한 곡을 불었다. 그러자 갑자기 하늘과 바다 빛이 변하더니 안개마저 짙게 피어올랐다. 퉁소소리에 잠을 깬 뱃사람들이 그 변화에 모두 놀라고 두려워하였다. 일본 배에서 들리던 염불소리는 이미 그쳐 있었다.

조금 지나자, 그쪽에서 조선말로 칠언절구의 시를 읊는 소리가 들려왔다.

내 님의 퉁소소리에 달도 내려와 함께 들으려 하네
바다처럼 푸른 하늘, 곳곳에 서늘한 별빛이슬 맺혔네
우리 부부 언젠가는 푸른 난새를 타고 함께 갈지니

봉도(蓬島)로 가는 길, 안개로 헤매지 않게 하소서.

시를 다 읊고 나자 한탄하는 소리가 흘러나오더니 이내 울먹이며 중얼거리는 소리로 변했다. 최척이 소스라치게 놀랐다. 그리고 들고 있던 퉁소도 떨어뜨린 채 넋이 나간 사람처럼 제자리에서 꼼짝도 하지 않았다. 주우가 놀라 급히 물었다.

"도대체 무슨 일인가? 어째 그러는가?"

묻고 물어도 대답이 없어 다시 거듭 재촉하니, 그때서야 척이 간신히 입을 열려고 하였다. 그러나 흥분과 격정에 몸을 떠는 탓인지 말소리가 자꾸 목에 걸려 이어지지 않았다. 잠시 흥분을 가라앉히고 나서 척은 여전히 떨리는 목소리로 더듬듯 말했다.

"저 시는… 내 형포(荊布)54)가 지은 시이네. 남에게 들려준 적이 없어 저 시를 아는 사람이 없는데 어찌 저 사람이 읊는단 말인가…. 저 목소리 또한 내 아내의 목소리와 아주 똑같네. 필시 보통 일이 아닌 것 같네."

척은 자신의 가족이 왜적에게 당한 이야기를 사람들에게 남김없이 들려주었다. 배 안의 사람들이 듣고 모두 놀라며 괴이하게 생각하였다.

그 자리에 두홍(杜洪)이란 젊고 용감한 장사가 있었는데 의로운 일에 발 벗고 나서는 사람이었다. 흥분한 그가 노를 들어 뱃전을 치더니 호기롭게 말했다.

"내가 건너가 알아보고 오겠습니다."

두홍은 당장이라도 뛰쳐나갈 기세였다. 주우가 나서서 말렸다.

"밤이 깊었는데 소란 피울 것까지 없다. 공연히 일이 번져 큰 변란이 생길지도 모르니 내일 아침까지 기다려 보자."

주위에서 모두가 그렇다고 거들었다.

최척은 앉은 채로 밤을 지새우며 초조히 아침을 기다렸다. 동쪽 하늘이 서서히 밝아오자 서둘러 배에서 내려 일본 배가 있는 곳으로 다가갔다. 척이 조선말로 만나는 일본사람들에게 묻고 다녔다.

"어젯밤에 시를 읊은 사람이 분명 조선사람인데, 나도 조선사람이니 한번 만나보고 싶소. 이 먼 곳에 와서 같은 조선사람을 만나니 반갑고 기뻐서 그렇소. 그 사람이 누구요?"

옥영은 간밤에 퉁소소리를 듣고 그 가락이 조선의 곡조인 것을 알았다. 그리고 예전에 많이 들어 귀에 익은 터라 혹시 남편이 그 배에 타고 있을지도 모른다는 생각에서 시험 삼아 시를 읊어 보았던 것이다. 그런데 누가 자기를 찾고 다닌다는 말을 전해 듣고는 당황하여 정신을 잃을 지경이었다. 즉시 쏜살같이 일어나 구르듯 배 밖으로 달려 나갔다.

드디어 두 사람이 얼굴을 맞대자, 서로는 단번에 알아보았다. 둘은 놀라 자지러질듯 하더니 곧바로 부둥켜안고 모래밭을 굴렀다. 기가 막혀 말이 나오지 않았다. 단지 피 같은 눈물만이 그저 하염없이 흘러나왔다. 몰려나온 부두의 선원들이 두 사람을 빙 둘러싸고 지켜보는데, 차마 두 눈을 뜨고 바라볼 수 없을 정도로 감동적인 장면이었다. 처음엔 친척이 오랜만에 만나는 것으로 생각했다. 그러나 그들이 전란으로 헤어진 부부라는 소리를 듣고 나서, 모두가 서로를 돌아보며 감격에 찬 목소리로 한마디씩 주고받았다.

"기이하다, 정말 기이하다! 이는 분명 하늘이 보살피고 신들이 도왔다. 예로부터 일찍이 없던 기적이다, 기적이야!"

어느 정도 정신을 차린 후 척이 옥영에게 부모님의 소식을 물어보았다.

"산에서 왜놈에게 붙들려 강으로 끌려갈 때까지는 무사하셨습니다. 날이 저물어 배에 끌려 오르면서부터는 경황이 없어 어찌 되셨는지 살피지 못했습니다."

두 사람은 다시 붙잡고 통곡을 했다. 옆에서 지켜보던 사람들도 콧등이 시근거리는 것을 참지 못하고 함께 눈물을 흘렸다.

이때 주우가 돈우에게 최척 부부의 사정을 말하고 백금(白金) 세 덩이를 내놓으며 옥영의 몸값으로 지불하려고 했다. 그러자 돈우가 벌컥 화를 냈다.

"내가 이 사람을 만난 지 벌써 사 년이나 되오. 단정하고 진실한 사람이라 내가 자식처럼 여기고 집에 데려다가 함께 숙식을 하며 잠시도 멀리하지 않았소. 그런데 여태 사내로만 알았지 배우자를 둔 부인인 줄은 정말 나도 몰랐소…. 지금 와서 이러한 일을 목격하게 되니 하늘이 감동하고 귀신들이 감격할 일이

오. 내 비록 배운 것은 달리 없으나 피눈물도 없는 목석(木石)은 아니라오. 어찌 잔인하게 이와 같은 돈을 받아 내 배를 불린단 말이오.”

돈우는 오히려 자기 돈주머니에서 은전(銀錢) 열 냥을 꺼내어 옥영에게 건네주었다.

“너와 함께 지낸 지도 벌써 사 년인데 하루아침에 이곳에서 이별을 해야 되는구나. 슬프고 아쉬운 마음이 가슴을 메우지만, 네가 그 죽을 고생을 수없이 하고 나서 이렇게 배우자를 만났으니 인간 세상에 다시 볼 수 없는 일이다. 내가 만약에 너를 가로막는다면 하늘이 반드시 나를 죽일 것이다. 잘 가라 사우야! 부디 몸조심해라, 몸조심하고 가서 잘 살거라!”

옥영이 돈우의 손을 붙잡고 울먹이며 감사의 말을 전했다.

“주인님 덕분에 죽지 않고 살아남아 끝내 양인(良人)55)을 만났습니다. 그간 베풀어 주신 은혜가 너무도 많은데 더구나 이처럼 많은 돈까지 내어주시니 저로서는 어찌해야 할지 몸 둘 바를 모르겠습니다. 이 크나큰 은혜에 보답할 길이 전혀 없습니다.”

척도 돈우를 향해 몇 번이고 머리를 조아리며 고맙다는 인사를 했다.

최척이 옥영을 데리고 자기 배로 돌아오자, 인근의 배에서 사람들이 매일같이 찾아왔다. 어떤 사람은 금을 내놓고 어떤 사람은 은을 내놓는 등 갖가지 비단과 돈 등을 건네며 두 사람의 만남을 축하해 주었다. 척도 이들이 주는 선물을 거절하지 않고 감사히 받았다.

항주로 돌아온 후, 주우는 최척 부부를 위해 따로 방 한 칸을 지어주었다.

척이 다시 부인을 만나고 비로소 안정된 생활을 할 수 있었다. 그러나 머나먼 이국의 땅에서 일가친척도 없이 지내자니 항상 늙은 아버지와 어린 아들 생각이 머리에서 떠나지 않았다. 특히 밤이 되면 문득문득 그들 생각이 떠올라 밤새도록 잠을 이루지 못하기도 했다. 그럴 때마다 오직 마음을 한곳에 모아 살아 있기만을 진심으로 빌고 또 빌었다.

아내를 만나 일 년이 되었을 때 아들이 태어났다. 해산하기 하루 전에 장륙불이 꿈속에 나타나 "이 아이 또한 등에 점이 있을 것이다." 하셨다. 부부는 행여 죽은 몽석을 다시 점지해 주셨지 않나 생각하고, 감사하는 마음에서 이름을 몽선(夢仙)이라 지었다.

세월이 빠르게 흐르고, 몽선이 자라 어느새 어진 아내를 구할 나이가 되었다.

인근의 진(陳)씨 집안에 처녀가 있는데 이름이 홍도(紅桃)였다. 태어난 지 일 년도 되지 않아 그의 아버지 진위경(陳偉慶)이 유총병(劉摠兵)을 따라 조선의 전란에 출정하였다가 돌아오지 않았다. 또한 몇 해 전에는 어머니마저 돌아가시어 이모에게 의지하여 살고 있었다. 홍도는 항상 아버지가 타국에서 돌아가신 것을 애통하게 여겼다. 그 때문에 얼굴도 모르는 아버지이지만 돌아가신 나라에 찾아가 곡(哭)56)이라도 해드리고 오는 것이 소원이었다. 그것이 한이 되어 가슴에 사무쳤으나 여자의 몸으로 나선다는 것이 쉽지 않았다. 그러다가 조선사람인 몽선의 신붓감을 구한다는 소문을 듣고 이모에게 의논하였다.

"제가 최씨 집안에 시집을 가겠습니다. 어쩌면 조선으로 들어가는 길이 있을지도 모르니까요."

이모가 홍도의 마음을 알고 있기 때문에 말리지 않았다. 즉시 최척의 집에 찾아가 홍도의 뜻을 전했다. 최척과 옥영이 말을 듣고 탄복하였다.

"딸아이로서 그 뜻이 정말 가상하다!"

최척의 부부는 홍도의 뜻을 흔쾌히 받아들여 며느리로 삼았다.

다음 해인 을미년(1619), 북방의 노추(奴酋)가 요양(遼陽)57) 땅을 침범하여 여러 성을 연이어 함락시키며 많은 장수와 병사들을 죽였다. 천자께서 분노하여 전국에서 군대를 동원하였다.

소주(蘇州) 출신의 오세영(吳世英)이 교유격(喬遊擊)58)의 백총(百摠)59)으로 있는데 예전에 여유문과 알고 지냈던 사이라 최척의 재주와 용맹함에 대해 익히 듣고 있었다. 그 때문에 척을 서기(書記)로 삼아 자기 휘하에 두었다.

출발에 앞서 옥영이 척의 손을 잡고 눈물을 흘리며 말했다.

“첩이 기구한 팔자를 타고 태어난지라 일찍이 많은 재앙을 당했습니다. 그러나 갖은 어려움을 겪고 살아남은 끝에 하늘의 도움을 받아 다시 낭군님을 만났습니다. 끊어진 금슬(琴瑟)의 줄을 고쳐 매고, 쪼개진 구리거울을 합쳐 다시 인연을 이었습니다. 그리고 다행히 제사를 이어갈 아들도 새로 얻었습니다. 낭군과 혼인하여 함께 산 지 어언 이십 년인데, 뒤돌아보면 조금도 아쉬울 것이 없어 지금 당장 죽는다 해도 여한이 없습니다. 첩은 항상 속죄하는 마음으로 낭군님의 뜻을 받들며 은혜에 보답하려고 노력해왔습니다. 그런데 뜻하지 않게 함께 늙어가지도 못하고 또 다시 가슴 아픈 삼상(參商)의 이별60)을 하게 되었습니다. 요양은 수만 리 머나먼 땅입니다. 한번 나가면 쉽게 돌아오기 어려운 곳인데 어찌 뒷날을 기약하겠습니까? 낭군의 은혜를 못다 갚을 바에야 차라리 떠나는 이 자리에서 죄 많은 목숨을 끊어버리는 편이 나을 듯합니다. 그래야 낭군께서 첩에 대한 미련을 덜게 될 것이고, 첩 또한 밤낮으로 낭군을 기다리는 걱정에서 벗어날 수 있지 않겠습니까. 낭군님, 이제 정말 영원히 헤어지게 되었습니다. 영원한 이별을!”

옥영이 말 그대로 통곡하더니 소매에서 단도를 꺼내 자기 목에다 대었다. 척이 당황하며 재빨리 칼을 빼앗아 들고는 옥영을 위로하며 달랬다.

“보잘것없는 오랑캐가 감히 수레바퀴에 팔을 들고 대드는 버마재비 꼴이오.61) 이제 황제의 명을 받들어 제후들이 출정하니,

계란을 깨뜨리는 것처럼 아주 쉬운 일이 될 것이오. 다만 시일이 걸리는 수고로움만 있을 뿐이니 그리 근심할 것까지야 없소. 내가 공을 세우고 돌아올 것이니 술상을 차려 축하할 준비나 해두시구려. 몽선이도 이제 다 컸으니 의지가 되고, 집안일에 보탬이 될 것이오. 내 잠시 떠나는 길을 걱정하지 않아도 되오.”

최척은 옥영의 만류에도 불구하고 기어이 행장을 꾸려서 떠났다.

최척이 소속되어 있는 부대는 요양에 도착한 후 다시 오랑캐 지역으로 깊숙이 들어갔다. 그리고 우모채(牛毛寨)[62]에서 조선군과 만나 나란히 주둔했다.

이때 명나라의 주장(主將) 유정(劉綎)[63]이 적을 가볍게 보고 군사를 움직이다가 모든 부대가 크게 패했다. 노추는 명나라 군사를 남김없이 죽이라고 명령하면서도 조선군에게는 협박과 회유책을 쓰며 많은 병사들을 죽였다.

교유격의 부대도 패하여 겨우 살아남은 십여 명을 데리고 조선군의 진영으로 몸을 피했다. 그러나 조선군이 장차 노추에게 항복하려는 낌새를 알아차리고 병사들에게 조선군의 군복을 얻어 입혀 장차 화를 면하게 하려고 하였다. 조선군의 원수(元帥) 강홍립(姜弘立)이 그 부탁을 받아들여 남는 군복을 지급하였다. 그러나 종사관(從事官) 이민환(李民寏)[64]이 노추에게 그 사실이 알려질까 두려워 다시 옷을 빼앗고 적에게 포로로 넘겨 버렸다.[65]

최척은 본래 조선인이라 그 혼란한 틈을 타서 명군의 대열에서 빠져나와 조선군 사이에 숨어들었다. 그 때문에 혼자만이 살아남았다. 급기야 강홍립의 무리가 노추에게 부대를 이끌고 항복하자 척도 본국의 장졸(將卒)들과 함께 포로로 잡혀갔다.

이때 몽석도, 남원의 무학(武學)66)으로 원정에 소집되어 강 원수의 부대에 있다가 포로가 되었다. 노추가 장수와 사병을 분리하여 가두었는데, 척이 몽석과 같은 곳에 갇혀 있게 되었다. 그러나 아버지와 아들은 서로를 알아보지 못했다.

몽석은 척의 말이 어색하고 발음이 어눌한 것을 이상하게 여겼다. 명군으로서 조선말을 하는 자가 죽음이 두려워 조선사람으로 행세하는 줄 알았다. 그래서 어디에 살았냐고 따지듯 물어보기도 했다. 척도 오랑캐가 포로들의 실상을 염탐하려고 위장하여 들어온 것으로 생각하고 때에 따라 전라도라 하고 충청도라 하기도 하면서 적당히 둘러댔다. 그 때문에 몽석은 더욱 의심을 하였다. 그러나 며칠을 함께 지내다 보니 둘은 점차 정이 들었다. 어차피 포로생활을 함께하는 처지라 서로의 아픔을 이해하며 의심하지 않게 되었다.

마침내 최척은 자신이 살아온 이야기를 몽석에게 들려주었다. 몽석이 깜짝 놀라며 얼굴색이 변하더니, 척이 잃어버렸다는 아이가 언제, 몇 살에 죽었는지에 대해 묻고 또 몸에 어떤 특징이 없는가에 대해 다급히 물었다.

“갑오년(1594) 시월에 태어나, 정유년(1597) 팔월에 죽었네. 등에 아기 손바닥 모양을 한 붉은 점이 있었다네.”

몽석이 자지러지게 놀라며 말을 잃을 지경이었다. 반신반의하다가 서둘러 웃옷을 벗어 던지고 등을 내보이며 떨리는 목소리로 말했다.

“이 아이가 바로 어르신께서 물려주셨다는 몸을 지니고 있습니다.”

척이 등을 바라보고 비로소 자기 아들임을 확인하였다. 그리고 다른 가족의 생사에 대해 서로 물어보고 나서, 모두가 살아 있음을 알고 기쁨의 눈물을 흘렸다. 둘은 그렇게 서로를 붙들고 날마다 재회의 눈물을 흘렸다.

오랑캐 진영의 늙은 간수장(看守長)이 자주 들락거리며 포로들을 살폈는데, 척의 부자가 울며 말하는 것을 엿듣고 불쌍하게 여겼다. 하루는 감시하는 오랑캐의 무리들이 모두 나가고 없는 사이에 몰래 척이 있는 곳으로 찾아왔다. 간수장이 조선말로 물었다.

“전에 당신들이 우는 것을 보고 이상하게 여겨 특별한 사연이 있는 줄 아는데 말해주오. 내가 자세히 듣고 싶소.”

척이 두려워 감히 말을 못하자, 간수장이 차분한 말로 자신이 찾아온 이유를 털어놓았다.

“두려워 마오. 나 또한 예전에 삭주(朔州)67)의 사병이었소. 부사(府使)가 포악하기 그지없어 견디다 못해 가족을 이끌고 이 오랑캐 땅으로 넘어왔소. 벌써 십 년이 넘었소. 적어도 이곳 오랑캐들은 정직하고 또 백성들을 가혹하게 다루는 일이 없다오. 아침이슬처럼 잠시 반짝이다 사라지는 것이 인생인데, 어찌 벼슬아치들에게 갖은 고초를 당하면서까지 고향이라고 고집하며 그곳에서 살겠소. 이곳 포로수용소의 우두머리가 나에게 팔십 명의 병졸을 주어 조선인 포로들을 감시하라고 하였소. 내가 당신의 동료들에게 들어 아는데, 정말 기이한 일을 참으로 많이도 겪었소. 내 비록 노추에게 끌려가 문책을 당하는 일이 있더라도 당신을 꼭 집으로 돌려보내 주리다.”

이튿날 아침이 되자 간수장의 아들이 몰래 찾아와 척과 몽석을 이끌고 수용소를 빠져나왔다. 그리고 준비해온 식량을 건네주며 조선으로 돌아가는 샛길을 세세히 알려주었다.

이렇게 해서 최척은 아들 몽석과 함께 그리던 고국으로 돌아왔다. 따지고 보면 꼬박 이십 년이 넘는 세월이었다.

최척은 어서 빨리 아버지를 뵙고 싶다는 생각에 마음이 급했다. 그래서 발길을 재촉하며 급하게 남쪽을 향했는데 도중에 그만 등창이 났다. 그래도 고향을 향하는 마음이 급해 치료할 생각조차 하지 않았다. 은진(恩津)에 이르렀을 때 종기가 악화되어 걸을 수 없게 되었다. 하는 수 없이 쉴 곳을 찾아 들어갔다. 그러나 병세가 갑자기 나빠지며 숨을 헐떡거리는 것이 금방이라도 죽을 것만 같았다. 몽석이 크게 걱정하여 다급히 의원을 찾았지만 쉽게 찾을 수가 없었다. 마침 명나라 사람이 충청우도(湖

右호우)에서 영남좌도(嶺左영좌)68)로 가는 길에 위급한 환자가 있다는 소리를 듣고 달려왔다. 그 사람이 척을 살피더니 놀라며 말했다.

"큰일이 날 뻔했습니다! 만약 이대로 오늘을 넘겼더라면 목숨을 구할 수 없었을 겁니다."

즉시 보따리를 풀어헤쳐 침을 꺼내들고는 종기를 치료하기 시작하였다. 그러자 신기하게도 그날로 점차 나아지는 기색이 있었다. 그리고 겨우 이틀이 지나서는 지팡이를 짚고 길을 나설 수 있게 되었다. 몽석이가 아버지의 목숨을 구해 준 명나라 의원에게 보답하기 위해 남원으로 함께 가기를 간곡히 부탁하였다. 잠시 생각하던 의원이 환자의 상태를 생각하여 따라나섰다.

최척의 일행이 지친 몸을 이끌고 남원에 도착하자, 온 집안사람들이 깜짝 놀라며 흡사 죽은 귀신이라도 본 듯 정신을 차리지 못했다. 척의 부자가 서로 끌어안고 오열하면서도, 이게 꿈인지 생시인지 분간하지 못할 정도였다.

심씨 부인은 하나밖에 없는 딸을 잃고 난 후 한동안 상심하여 미친 사람처럼 지내다가 겨우 정신을 차리고, 오직 몽석이만을 의지하며 살고 있었다. 그런데 그 몽석이마저 전쟁터에서 죽었다는 소식이 들려오자 그만 자리에 드러누워 몇 개월째 일어나지 못하고 있었다. 그 몽석이 제 아비인 최서방과 함께 돌아온 것을 보고, 또 옥영이 살아있다는 말을 듣는 순간 갑자기 울부짖으며 금방이라도 까무러질 듯하였다. 그 울음은 슬픔과 기쁨이 뒤섞여 한꺼번에 터져 나오는 것이어서 자신도 억제할 수 없었다.

집에 돌아와서 어느 정도 기력을 회복한 최척이, 비로소 명나라 의원을 정식으로 대접하는 자리를 마련하였다.

"의원님은 명나라 사람인데 성함이 어찌 되시고, 어디에 사셨습니까?"

"저는 진위경(陳偉慶)이라 합니다. 살던 곳은 항주의 용금문 부근입니다. 만력69) 이십오 년(1597)에 유정 제독(提督)을 따라와 순천에 주둔해 있었습니다. 하루는 왜적의 움직임을 감시하다가 장군의 명령을 어겼지요. 군법에 넘겨지는 것이 두려워 밤에 도망을 친 후 지금까지 조선에 머무르고 있습니다."

척이 용금문이라는 소리에 깜짝 놀랐다.

"집안에 부모와 처자가 있습니까?"

"아내와 딸 하나가 있는데, 딸은… 제가 이곳에 올 때 겨우 몇 달밖에 안된 갓난아이였지요."

"딸아이의 이름이 뭡니까?"

상기된 얼굴로 척이 다그치듯 물었다.

"아이가 태어난 날에 이웃에서 복숭아를 보내왔습니다. 그래서 홍도(紅桃)라 지었습니다."

척이 감격하며 진위경의 손을 덥석 잡았다.

“괴이하다. 괴이해! 저도 항주에 사는데 바로 의원님 댁 인근에 살고 있습니다. 부인께서는 신해년(1611) 구월에 병으로 돌아가셨고요, 홍도는 이모부 오봉림(吳鳳林) 댁에서 거두어 주었습니다. 바로 그 아이 홍도를, 제가 며느리로 삼았습니다. 전혀 생각지도 않았는데 이렇게 우연히 만나게 되다니…. 정말 기이한 일입니다!”

뜻밖에 가족의 소식을 들은 진위경도 몹시 놀라며 어쩔 줄을 몰라 했다. 착잡하고 침울한 표정으로 한동안 탄식만 이어가더니 이윽고 말을 꺼냈다.

“저는 대구에서 박씨 성을 가진 사람에게 기대어 살고 있습니다. 지금은 늙은 아내도 얻어 침술로 생계를 꾸려가고 있습니다. 이제 사돈의 말씀을 들으니 마치 여기가 제 고향인 것 같습니다. 제가 이곳으로 옮겨와 살면 안 되겠습니까?”

몽석이 나서서 말했다.

“어르신께서는 제 아버지를 살려주신 은인이십니다. 뿐만 아니라 제 어머니와 동생이 따님의 뒷바라지에 의지하며 살고 있습니다. 이미 한가족인데 무엇이 어렵겠습니까?”

말이 오간 후 진위경은 즉시 대구의 살림을 정리하고 남원으로 내려왔다.

몽석은 어머니가 살아있다는 말을 듣고 나서부터 날마다 그리움에 사무쳐 지냈다. 하루라도 빨리 명나라로 들어가 어머니를 모셔오고 싶지만 아무리 궁리해도 뚜렷한 방법이 떠오르지 않았다. 그저 매일 어머니를 부르며 눈물만 흘리고 지낼 뿐이었다.

항주에 남아 있던 옥영은 요동에서 관군이 전멸했다는 말을 듣고, 필시 남편도 죽었으리라 여겨 밤낮을 눈물과 통곡으로 보냈다. 그러다가 죽기를 결심하고 물과 음식을 입에 대지 않은 채 며칠을 드러누웠다. 그러던 어느 날 밤에 장륙불이 꿈에 나타났다. 머리를 어루만져 주며 "죽으려 하지 마라. 반드시 좋은 일이 있을 것이다." 하셨다.

꿈에서 깨어난 옥영이 몽선 부부를 불러들였다.

"지난 왜란에 포로가 되어 끌려갔을 때 나는 여러 번 물에 빠져 죽으려고 했다. 그때 남원 만복사의 장륙금불이 꿈에 나타나시어 '죽으려 하지 않으면 나중에 반드시 기쁜 일이 찾아올 것이다.' 하셨다. 그리고 사 년이 지나자 부처님의 말씀처럼 안남의 포구에서 너희 아버지를 다시 만났다. 이제 다시 죽고자 하였던 내가, 오늘 또다시 똑같은 꿈을 꾸었다. 어쩌면 너희 아버지가 적에게 죽지 않았는지 모른다. 그러니 만약 너희 아버지가 살아 있고 내가 죽었다면 얼마나 한이 되겠느냐."

몽선이 어머니의 말을 듣고 슬피 울며 말했다.

"근자에 들으니 노추가, 명군은 모조리 죽이고 조선의 군인들은 모두 풀어주었다 합니다. 아버지께서는 본래 조선인이니 반드시 살아계실 겁니다. 부처님의 꿈이 어찌 헛되겠습니까. 어

머니께서는 모름지기 살아계셔서 아버님이 돌아오시기를 기다
려야 합니다.”

옥영이 갑자기 낯빛을 바꾸더니 확신에 찬 목소리로 말했다.

“노추의 소굴에서 조선까지는 불과 너댓새밖에 걸리지 않는
다. 네 아버지가 살아있다면 형세를 살펴 반드시 본국으로 돌아
가는 길을 택하셨을 거다. 어찌 위험한 상황을 무릅쓰고 만 리
험한 길을 택해 처자식을 찾아오겠느냐. 당연히 나도 본국으로
돌아갈 방도를 찾아야겠다. 네 아버지가 비록 죽었다 해도 창주
(昌州)70)까지라도 달려가서 객지를 떠도는 넋이나마 불러다가
선영(先塋) 곁에 모셔야겠다. 그래야만 황량한 사막을 헤매며 굶
주리지 않으실 것이니, 그때야 비로소 내 책임을 다했다고 할
것이다. 남쪽에서 날아온 새는 남쪽 가지에 둥지를 틀고(越鳥巢南
枝월조소남지), 북쪽에서 온 오랑캐 말은 북풍이 부는 쪽을 향해
몸을 기댄다고 한다(胡馬依北風호마의북풍). 이 모두 고향을 그리워
하여 생겨난 말이 아니겠느냐. 이제 내가 죽을 날도 머지 않았
다. 하찮은 여우도 죽을 때가 되면 제가 살던 언덕을 향해 머리
를 둔다(狐死必首丘호사필수구)고 했다. 나라고 어찌 그와 같은 마
음이 없겠느냐. 홀로 지내시던 시아버지와 친정어머니 그리고
어린 자식을 왜적의 난리에 모두 잃어버리고 여태 그 생사를
모르는 채 살아왔다. 일전에 상인들에게 들으니, 저들이 조선인
포로들을 계속 풀어주고 있다고 한다. 과연 믿을 수 있는 말인
지 모르나 어찌 단 한 사람도 살아서 돌아온 사람이 없겠느냐.

그리고 만약 너희 아버지나 할아버지께서 타국에서 돌아가신 것이 확실하다면, 선조의 묘소를 앞으로 누가 돌보겠느냐. 마땅히 우리가 나서서 지켜드려야 하지 않느냐. 또한 많은 내외친척들이 그 난리에 모두 죽지는 않았을 것이다. 누구라도 만나게 된다면 그 얼마나 다행스러운 일이냐. 너희들은 이제 배와 식량을 준비하거라. 여기서 조선까지는 뱃길로 겨우 이삼천 리밖에 되지 않는다. 하늘이 보살펴 바람의 도움을 받는다면 보름도 안 되어 저쪽 해안에 닿을 것이다. 내 이미 그렇게 하기로 계획하고 결정했다.”

갑작스런 어머니의 말에 몽선이 당황하여 울면서 말렸다.

“어머니께서 어찌 그런 생각을 하셨습니까? 말씀대로만 일이 풀린다면 얼마나 좋은 일입니까. 그야말로 하늘이 내린 축복이지요. 그러나 머나먼 바닷길을 작은 배로 건너갈 수는 없습니다. 바람과 파도는 물론 상어와 악어의 공격을 예측할 수 없습니다. 하늘에 빈다고 해서 해결될 문제가 아닙니다. 또한 해적들이 곳곳을 돌아다니며 노략질을 하고 있습니다. 어머니와 저희가 고기 뱃속에서 장례를 치르는 일을 맞게 될지도 모릅니다. 그리고 어찌 아버님이 돌아가셨다는 생각을 하십니까. 제가 비록 우둔하나 어머니의 이번 결정에 따르지 못하겠습니다.”

그러자 곁에 있던 홍도가 몽선에게 말했다.

“뜻을 가로막지 마십시오. 어머니께서 깊이 생각하고 내리신 결정입니다. 재앙을 미리 우려하여 말하는 것은 이치에 닿지 않습니다. 여기에 있더라도 우연찮게 닥치는 물과 불과 도적의 피해를 막을 수는 없으니까요."

옥영이 다시 말을 이어갔다.

"물길이 비록 험하지만 내가 이미 많은 경험이 있어 잘 알고 있다. 일본에 있을 때 배를 집 삼아 봄이면 복건과 광동으로, 가을이면 유구(琉球)로 나돌며 장사를 하였다. 높고 거친 파도에서도 하늘의 별과 조류를 살펴 방향을 잡는 것쯤은 이미 익숙해져 있다. 바람과 물결의 거세고 잔잔한 것을 예측할 수 있고, 배와 노의 상태를 파악하여 안전과 위험을 감지하고 대처할 수 있다. 설혹 불행한 일이 닥친다 해도 어찌 벗어날 길을 찾지 못하겠느냐."

이어 조선과 왜국의 옷을 미리 만들어 두라 이르고, 부부가 함께 두 나라의 말을 매일같이 당신에게 배우라고 하였다. 그리고 몽선에게는 따로 주의할 점을 일러주었다.

"항해는 오로지 돛대와 노에 의존한다. 돛은 반드시 촘촘하고 질겨야 하며 노는 단단한 것을 골라 써야 한다. 또 지남철은 절대 빠뜨리지 마라. 꼭 필요한 물건이다. 때를 보아 날을 잡고 배를 띄울 것이다. 내 뜻을 조금도 어기지 말고 철저히 준비해 두어라."

어머니의 뜻이 워낙 강경하여 몽선은 더 이상 대꾸도 하지 못하고 물러나왔다. 그러나 홍도를 보자 화가 치밀어 올라 따지듯 물었다.

“어머니께서는 지금 죽을 각오로 당신의 남은 생을 이 일에 걸은 것 같소. 위험한데도 굳이 떠나려고 하는 것이, 마치 스스로 사지(死地)를 찾아 떠난 아버지와 똑같단 말이오. 그걸 뻔히 알면서도 내가 어머니의 무모한 계획을 그저 바라만 보고 있어야겠소. 그런데도 당신이 나와 함께 말리기는커녕 오히려 찬성하고 나서다니, 무슨 생각이 그리 짧소?”

남편의 핀잔에 홍도가 침울한 표정으로 대답했다.

“어머님이 깊이 생각하신 끝에 마음을 굳히신 일입니다. 말로써 다투어 해결할 문제가 아니라고 봅니다. 말린다고 해서 당신의 뜻을 거둘 일이 애초 아니지요. 우리가 나서 억지로 뜻을 거스른다면 나중에 더 큰 우려가 생길지도 모릅니다. 지금으로서는 그저 따르는 것이 좋을 듯합니다. 낭군께서는 저를 나무라시는데, 오히려 첩의 심정을 헤아려 걱정해주는 것이 맞지 않나요? 태어난 지 몇 달 만에 전쟁터에서 아버지를 잃은 저입니다. 아버지의 육신은 타국의 땅에 나뒹굴고, 넓은 산과 들녘의 풀밭을 벗어나지 못하고 있습니다. 이런 제가 어찌 사람의 얼굴을 하고 하늘을 보며 다니겠습니까….”

홍도가 목이 잠긴 듯 잠시 숨을 고르더니 다시 말을 이었다.

“요즘 저자거리의 소문을 들으니, 전투에서 패한 병사들 중에는 더러 부대를 이탈하여 조선에 머물러 사는 사람들도 있다고 들었습니다. 그러니 자식의 마음에서 어찌 요행을 바라지 않을 수 있겠습니까. 만일 낭군의 도움으로 조선에 들어가서 싸움

터에서 죽은 병사(沙虫사충)71)들의 흔적을 찾아다니다가, 제 한
맺힌 아픔을 조금이라도 풀 수 있는 단서를 발견한다면, 그땐
비록 아침에 들어갔다가 저녁에 죽는다 해도 첩은 기꺼이 그렇
게 하겠습니다.”

홍도가 참았던 눈물을 쏟으며 통곡하기 시작했다. 이쯤 되자,
몽선은 어머니와 아내의 뜻을 결코 꺾을 수 없다는 것을 알았
다. 그래서 자기의 생각을 접고 모든 준비를 철저히 해나갈 수
밖에 없었다.

마침내 경신년(1620) 이월 초하루에 배를 띄우기로 날을 잡았
다. 출발에 앞서 옥영이 몽선에게 일렀다.

“조선은 동북쪽에 있다. 서남풍72)이 불어오기를 기다려야 한
다. 너는 노를 단단히 붙잡고 있다가 항상 내 지시에 따라 움직
여라.”

옥영이 바람의 방향을 가늠하기 위해 깃대에 기를 달고, 지남
철을 배 앞쪽에 설치하였다. 또 배 안을 두루 살펴 준비 상태를
일일이 점검하였다. 그리고 나서 몽선의 철저한 준비로 부족한
점이 없다는 것을 확인하고, 드디어 배를 출발시켰다.

며칠 동안 노를 저어 바다로 들어섰을 때 장강(長江)의 돌고래
들73)이 나타나 배 주위를 맴돌며 따라왔다. 곧이어 깃발이 북쪽
을 향해 펄럭였다. 때맞춰 세 사람이 힘을 합해 돛을 올리니 배
가 빠르게 앞으로 나아갔다. 그때부터 배는 밤낮을 가리지 않고

마치 화살처럼 번개처럼 내달렸다. 어느새 청주(靑州)와 제주(齊州)를 거치고 또 며칠 만에 등주(登州)와 내주(萊州)[74]를 재빨리 지나갔다. 멀리서 가물거리던 섬들이 빠르게 나타나더니 잠깐 눈 돌리는 사이에 뒤로 사라졌다. 이제 옥영은 방향을 바꾸어 동쪽으로 향했다.

하루는 명군의 순라선(巡邏船)이 나타나더니 다가와 물었다.

"어디서 오는 배요? 어디로 가는 겁니까?"

옥영이 즉시 대답했다.

"우리는 항주사람입니다. 산동으로 차(茶)를 팔러가고 있습니다."

순라선이 그대로 돌아갔다.

다시 며칠이 지나고 이번에는 일본배가 다가왔다. 옥영의 일행은 즉시 일본 옷으로 갈아입고 그들을 기다렸다. 일본 뱃사람이 물었다.

"어디서 오는 길입니까?"

옥영이 일본말로 대답했다.

"고기 잡으러 나왔다가 폭풍을 만났습니다. 한참을 떠다니다가 배가 부서지고 노마저 잃었습니다. 간신히 항주에 닿아 배를 구입하여 돌아가는 길입니다."

"고생이 심하구려. 아주 고생했어! 그런데 이 길은 일본으로 가는 길이 아니오. 방향을 바꾸어 남쪽으로 더 내려가시오."

일본 뱃사람들이 걱정해주며 떠났다.

그날 저녁 무렵, 남쪽으로부터 거센 바람이 불어왔다. 사방이 안개에 휩싸여 한 치 앞도 분간할 수 없을 지경인데 파도가 점점 거칠어지더니 갑자기 하늘을 향해 솟구치면서 뱃전을 때리기 시작했다. 그리고 얼마 지나지 않아 돛이 찢어지고 돛대마저 꺾여 버렸다. 그러자 배는 방향을 잃고 통제되지 않은 채 그저 사납게 출렁이는 물결을 따라 이리저리 떠밀려갔다. 어디로 흘러가는지 방향조차 짐작할 수 없을 정도로 배가 요동을 쳤다. 몽선과 홍도는 뱃멀미와 두려움에 떨며 바닥에 납작 엎드려 있었다. 옥영만이 태연히 앉아 불경을 외워댔다. 한바탕 난리를 치던 바람은 밤이 깊어지자 서서히 잦아들기 시작하여, 날이 밝아오자 완전히 잦아들었다. 마침 가까이에 작은 무인도가 있어 옥영은 그리로 배를 대었다. 그리고 부서진 배를 수리하며 며칠을 보냈다.

그러던 중 멀리서 배 한 척이 다가오는 것이 보였다. 옥영은 재빨리 위험한 사태를 직감하고, 몽선을 시켜 배 안에 있는 짐들을 꺼내 바위틈에 숨기라고 했다. 이윽고 배가 옆에 와 멈추더니 사람들이 큰소리로 떠들며 내려왔다. 그들의 의복이나 말소리로 보아 일본이나 조선 사람은 아니었다. 중국과 거의 같은 말을 쓰고 있었다. 손에 창칼을 들고 있지는 않으나 몽둥이를 하나씩 갖고 있었다. 그들은 다가오자마자 다짜고짜 몽둥이를 휘두르며 옥영의 일행을 때리고 협박하면서 금품을 요구했다. 그리고는 배 안을 샅샅이 뒤지며 돌아다녔다. 옥영이 중국말로 사정하며 살려달라고 빌었다.

"우리는 명나라 사람입니다. 고기 잡으러 나왔다가 폭풍을 만나 이곳까지 떠밀려왔습니다. 애초 돈이 될 만한 물건이 없습니다."

울며 매달리자, 그들은 목숨을 살려주는 대신 옥영의 배를 그들의 배 뒤에 매달고 가버렸다.

그들이 멀리 사라진 후에 옥영은 비로소 숨을 돌리고 말했다.

"저들은 내가 일찍이 들은 적이 있는 해랑적(海浪賊)75)이다. 중국과 조선 사이의 바다에 출몰하여 약탈을 일삼는 무리다. 그러나 살생을 좋아하지는 않는다고 하더라. 하는 짓을 보니 그놈들이 분명하다."

이어 옥영은 풀이 죽은 채 한탄하였다.

"내가 자식의 말을 듣지 않고 고집을 부려 여기까지 왔는데, 하늘이 돕지 않아 해랑적에게 배를 빼앗기고 말았으니 어쩌면 좋으냐! 이 망망한 바다를 날아갈 수 없고, 나뭇가지를 주워 댓잎만한 뗏목조차 만들 수도 없으니…. 그저 죽을 수밖에 없구나! 나야 죽어도 괜찮지만 나 때문에 가련한 내 자식들까지 죽게 되다니, 이 노릇을 어찌한단 말이냐!"

셋이서 서로 부둥켜안고 애절하게 울어대니, 그 한 맺힌 절규가 해안의 바위절벽을 뒤흔들고 연이은 파도마저 뒤따라 울부짖게 하였다. 바다가 몸을 움츠리며 함께 슬퍼하고, 산의 정령(精靈)들도 신음하며 눈을 감았다.

옥영이 죽기를 결심하고 해안가 절벽에 기어올라 뛰어내리려고 하였다. 그러자 그 모습을 본 아들과 며느리가 부리나케 달려들어 붙잡고 말렸다. 옥영이 몽선을 돌아보며 말했다.

"죽게 내버려두어라. 달리 방법이 있겠느냐. 남은 식량도 겨우 사흘 치밖에 없다. 식량이 떨어지면 앉아서 죽을 수밖에 없지 않느냐?"

"어차피 죽어야 한다면 식량이 다 떨어진 다음에 우리 식구가 다 같이 죽어도 늦지 않습니다. 만약 그동안에 살아날 길이 열린다면, 그땐 후회고 뭐고 아무 소용이 없지 않겠습니까?"

몽선이 부부가 옥영을 달래어 부축하고 내려왔다.

그날 일행은 바위 동굴을 찾아내어 자리를 정하고 잠들었다. 다음날 아침이 되자 옥영이 한결 밝아진 표정으로 일어나 말했다.

"내가 기운이 떨어지고 정신마저 쇠약해져 간밤에 잠을 설쳤는데, 또 장륙불께서 나타나 전과 똑같은 말씀을 하시더라. 참으로 신기한 일이다."

옥영은 둘을 가까이 다가오라고 하여 함께 불경을 외우며 기도하였다.

"부처님! 부처님! 저희를 보살펴주십시오. 저희를 구해주십시오!"

다시 이틀이 지났을 때 바다 저편에서 범선(帆船)이 나타났다. 몽선이 크게 놀라 어머니에게 이 사실을 알렸다.

"전에 보지 못한 수상한 배가 멀리서 다가오고 있습니다. 다시 큰일이 나지 않을까 걱정입니다.”

옥영이 나가 살펴보더니 순간 기쁜 얼굴이 되어 들뜬 목소리로 말했다.

“우린 살았다! 저 배는 조선의 배다!”

서둘러 조선옷으로 갈아입으라 하고는, 몽선에게 해안 절벽에 올라가 옷가지를 흔들어 대라고 지시하였다.

이윽고 일행을 발견한 배가 섬으로 가까이 다가와 멈추었다. 배 안에서 사람들이 내다보며 큰소리로 물었다.

“당신들은 누구요? 어떻게 이 외딴 섬에서 살고 있는 거요?”

옥영이 재빨리 조선말로 대답했다.

“저희는 본래 한양에 사는 양반가의 사람입니다. 나주로 가는 길에 풍랑을 만나 배가 뒤집히는 바람에 사람들이 모두 죽고 우리 셋만 살아났습니다. 부서져 나온 배 조각에 매달려 표류하다가 겨우 이곳에 닿았습니다.”

사람들이 듣고 모두 가엽게 여겼다. 마침내 닻을 내리고 옥영의 일행을 태워주었다. 배에서 관원이 말했다.

“이 배는 수군통제사의 무판선(貿販船)76)이오. 관청의 일이라 정해진 기일이 있어, 안타깝지만 나주와 가까운 곳까지 데려다 줄 수 없소이다.”

배가 다시 출발하여 며칠 만에 순천에 정박하였다. 드디어 옥영의 일행은 배에서 내려 그리던 조선 땅을 밟았다. 그해(1620) 사월이었다.

　옥영은 자식과 며느리를 이끌고 서둘러 남원을 향해 걸음을 재촉하였다. 굽고 험한 길을 따라 대엿새를 부지런히 걸으니 마침내 그토록 원하던 남원에 닿을 수 있었다.

　옥영은 자기가 살던 옛 집이 부서지거나 무너져 그대로 남아 있지 않을 것으로 생각했다. 다만 지아비와 같이 살던 곳이라 먼저 그 집터를 찾아가 보고 싶었다. 그래서 만복사로 이어지는 길을 따라 걸었다.

　금교에 들어서자 남원성이 뚜렷하게 그 자태를 드러냈다. 거기서 조금 더 걸으니 예전에 살던 마을이 보이는데, 이전의 모습과 크게 달라진 것이 없었다. 옥영은 갑자기 울먹이며 몽선을 돌아보고는 한 곳을 가리켰다.

　“저기 보이는 집이… 바로 네 아비가 살던 집77)이다. 지금은 누가 사는지 모르겠구나. 우선 우리 집에 가서 당분간 함께 지낼 수 있는지부터 알아보자. 그런 다음에 나중 일을 생각하자.”

　일행이 문 앞에 거의 이르렀을 때였다. 저쪽 버드나무 밑에서 몇 사람이 둘러앉아 이야기를 나누고 있는데, 옥영은 그들 가운데 최척과 꼭 닮은 사람이 있는 것을 발견하였다. 가까이 다가가며 뚫어지게 살피니 틀림없는 남편, 최척이었다. 옥영과 몽선 부부가 일제히 울부짖으며 달려갔다. 소리에 놀란 척이 돌아보니 바로 제 아내와 자식들이었다. 척이 벌떡 일어나며 큰소리로 외쳤다.

　“몽석아! 네 에미가 돌아왔다! 네 에미가!”

척이 몹시 흥분하여 어쩔 줄을 몰랐다.

"세상에! 이게 사람이냐, 귀신이냐! 꿈이냐!"

몽석이가 아버지의 외침에 놀라 맨발로 뛰쳐나오다가 넘어지고 꼬꾸라졌다. 정유년의 왜란에 헤어진 이후 처음으로 어머니와 아들이 만났으니 그 감격은 이루 말할 수 없었다. 시아버지 최숙까지 나와 모두가 서로를 껴안고 기쁨의 눈물을 흘리며 방으로 들어갔다.

심씨 부인은 연로한 탓에 병으로 드러누워 있다가 딸이 돌아왔다는 소리에 놀라 얼굴색이 변하더니 그만 기절해 버렸다. 옥영이 급히 달려가 껴안고 우는 동안 연락을 받은 진위경이 황급히 달려왔다. 그리고 한참이 지나자 정신이 돌아오고 차츰 안정을 찾아갔다.

그때까지 경황이 없던 최척이 불현듯 홍도를 떠올렸다. 척이 서둘러 진위경에게 말했다.

"미처 말씀을 못 드렸습니다. 따님도 함께 왔습니다."

그리고 홍도를 불러 자신의 사연을 아버지 진위경에게 들려주도록 하였다. 홍도의 말을 듣는 순간 진위경은 틀림없는 자기의 딸인 것을 확인하였다. 그저 눈물만 흘리며 듣고 있다가 와락 홍도를 부둥켜안았다. 그러자 온 가족이 또 다시 서로를 번갈아가며 붙잡고 울고 또 울었다. 온 집안이 그저 울음바다였다.

울음소리가 사방에 퍼지자 마을사람들이 순식간에 몰려들어 집 주위를 둘러쌌다. 처음에는 그저 괴이하다고만 여겼으나 처음부터 이 광경을 지켜보던 사람들로부터 말을 전해 듣고는 모두가 감탄하였다.

"세상천지 어디에 이런 일이 있단 말인가! 고금(古今)을 통해 이렇게 신기하고 경이로운 일이 두 번 다시 일어날 수 있을까!"

주변의 사람들이 넋을 잃고 바라보았다. 그리고 다시 옥영과 홍도의 처지를 듣고 나서 안쓰러움에 혀를 차고, 험난한 생사의 갈림길을 뛰어넘고 찾아온 그들의 용기에 대해서는 무릎을 치며 탄성을 내질렀다. 그리하여 옥영의 귀환에 대한 소식이 금세 사람들의 입을 통하여 빠르게 전파되었다.

며칠이 지나자 옥영이 척에게 자신의 생각을 말했다.

"우리가 지금처럼 행복을 얻게 된 것은 모두가 만복사의 장륙불께서 굽어살피시고 보이지 않게 은혜를 베풀어주셨기78) 때문입니다. 말을 들으니 지난 난리에 금불상이 모두 파손되어 기도를 하지 못한다고 들었습니다. 그러나 부처님은 본래 하늘에 계시지 당신의 형상을 닮은 불상(佛像)에만 깃들어 계시는 것이 아닙니다. 그걸 아는 저희가 어찌 은혜에 보답하지 않을 수 있겠습니까."

그리고 나서 옥영은 날을 잡아 제물과 도구를 준비하여 폐허가 된 만복사 절터를 찾았다. 가져온 음식을 정성 들여 가지런히 차려놓은 다음에 온 식구가 함께 모여 공양법회를 열었다.

이후 최척의 부부는 부모를 봉양하고 자녀들을 잘 다스리면서, 남원성 서쪽의 옛집에서 행복하게 살았다.

아! 부모와 부부와 형제 등으로 얽힌 한 가족이, 전란으로 인해 사방으로 뿔뿔이 흩어져 각기 다른 나라에서 이십여 년을 살았다. 그 한 맺힌 세월을 보내는 동안 그들은 오로지 가족과 고향을 그리는 마음뿐이었다. 마침내 서로 용기를 내어 흉적이 수시로 출몰하고 도처에 죽음이 도사리는 험한 길을 헤쳐 나와, 결국에는 한 사람도 잃지 않고 서로 다시 만나게 되었다. 이 일이 어찌 사람의 힘으로만 이룰 수 있는 일이겠는가. 하늘과 땅에 존재하는 모든 신령들이 도움을 주었기 때문이다.

지극한 정성으로 힘써 노력하면 반드시 신을 감동시켜 이처럼 신비로운 기적을 이루어 낼 수 있는 법이다. 한낱 평범한 여인의 정성과 간절한 소망이 하늘에까지 닿았고, 하늘은 그 뜻을 저버리지 않고 지극한 은혜로 보살펴 주셨다. 그리하여 바로 이와 같은 일을 세상에 있게 하신 것이다.

내가 남원의 주포(周浦)에 내려와 살고 있을 때 척이 나를 찾아와 위와 같은 사연을 모두 말해주었다. 그리고 자신이 겪은 일이 세상에서 사라지지 않게 그 모든 것을 기록해 주었으면 하였다. 내가 거절할 수 없어 그의 이야기를 간략하게 적었다.

신유년(1621) 윤이월. 소옹(素翁) 쓰다.

✶✶ ─────────

1) 척당(倜儻(儻)) : 척당불기(倜儻不羈)로, 뜻과 기개가 커 사소한 것에 얽매이지 않는다는 말이다. 그러나 여기에서처럼, 제 뜻대로만 하려고 하여 기본예절도 모르는 채 함부로 날뛰는 것을 뜻하기도 한다. 뒤에 나오는 아버지의 말에 '글도 모른다' 하고 또 '초학(初學)'이라고 하였다. 즉 배움이 없어 망나니짓만 하고 다닌다는 뜻이다.

　소절(小節)은, 기본예절이다. 이덕무(李德懋)의 『사소절(士小節)』에, 선비는 물론 사람이라면 모두가 지켜야 할 것이 기본예절이라 했다.

2) 사렵위사(射獵爲事) : 이 말은, 전한(前漢)의 문인 가의(賈誼)가 나라의 폐단을 지적하여 펴낸 정치 이론서인 『신서(新書)·수령(數寧)』에 나오는 말이다. 즉 <수렵을 즐기는 것과 나라의 안위를 걱정하는 것 중에서 무엇이 먼저냐(射獵之娛 與安危之機 孰急也)>를 따지며 효도의 문제까지 거론한다.

3) 상사(上舍) : 조선 시대에 소과(小科)에 합격하여 생원(生員)이나 진사(進士)가 된 사람을 이르는 말.

4) 표유매(摽有梅) : 『시경(詩經)·소남(召南)』의 편명. 남녀의 혼인이 이루어지는 시기는 매실이 익어갈 때가 가장 좋은데, 그 시기를 놓쳐 매실이 다 떨어지고 나면 쉽게 혼인이 이루어지지 않는다는 내용이다. *매실을 따는데, 일곱 개가 남았네, 나에게 장가들기 원하는 사람이여, 좋은 기회를 놓치지 마시길(摽有梅 其實七兮 求我庶士 迨其吉兮)/ 매실을 따는데, 세 개가 남았네, 나에게 장가들기 원하는 사람이여, 서둘러 이때를 놓치지 마시길(摽有梅 其實三兮 求我庶士 迨其今兮)/ 매실을 다 따서, 대바구니에 담고 있네, 나에게 장가들기 원하는 사람이여, 말이 나왔을 때 어서 서두르시라(摽有梅 頃筐墍之 求我庶士 迨其謂之).

5) 금개현(金介鉉) : 솥의 귀에 금속의 고리를 단다는 뜻이다. 주역의

화풍정(火風鼎) 괘에 나오는데, 모든 운세가 회복 단계에 있어 앞으로 귀하게 될 것이나 갑자기 나쁜 일이 생길 수 있으니 경솔한 행동을 하지 말라는 경고가 따른다.

6) 청의(靑衣) : 옛날 여자종의 옷 색깔은 대부분 푸른색이었다.

7) 청파리(靑坡里) : 서울특별시 용산구 청파동. 예전에 역관이 있었다.

8) 회진(會津) : 전남 나주시 다시면 회진리.

9) 청조(靑鳥) : 반가운(사랑을 전해주는) 소식을 전해주는 사람이나 편지를 이르는 말. 인간의 생사를 관장한다는 서왕모(西王母)의 시녀가 푸른 옷을 입고 있는데, 심부름을 할 때는 청조가 되어 날아간다는 말에서 나왔다.

10) 봉래약수(蓬萊弱水) : 봉래산은 동쪽 바다에 떠있는 섬이고, 약수는 서쪽 대륙을 흐르는 강이다. 모두 신선이 사는 곳인데 둘 사이의 거리가 매우 멀다. 뜻이 옮겨, 차이가 많은 것을 가리키는 말로도 쓰인다.

11) 양대(陽臺) : 송옥(宋玉)의 『고당부(高唐賦)·서(序)』에 나온다. 전국시대 초(楚)의 회왕(懷王)이 무산(巫山)의 고당(高唐)이란 누대에서 낮잠을 자는데 꿈에 한 여인이 나타났다. "저는 무산에 사는데 고당에 왔다가 당신이 이곳에 놀러왔다기에 함께 잠들고 싶어 왔습니다." 여인은 왕과 함께 잠자리를 한 후 "저는 무산의 남쪽, 높고 험한 산봉우리에 삽니다. 아침에 구름이 되었다가 저녁에는 안개비가 되어 밤낮으로 남쪽 산봉우리를 오르내립니다" 하고는 사라졌다. 후에 그녀를 무산신녀(巫山神女)라 부르고, 그녀가 산다는 무산의 남쪽 산봉우리를 양대(陽臺)라 불렀다.

12) 진진(秦晉) : 춘추시대의 진(秦)과 진(晉) 나라가 대대로 혼인을 하며 서로 좋은 관계를 유지하였다.

13) 연각하(輦殼下) : 천자의 수레바퀴 밑으로, 서울을 뜻한다.

14) 빙호(氷壺) : 얼음으로 만든 병. 투명하여, 결백이나 순결을 뜻할 때 쓰는 말이다.

15) 급계(及笄) : '비녀를 꽂을 시기'라는 뜻에서 여자의 결혼 적령기를 말한다. 시대에 따라 적령기가 달랐으나, 여자는 보통 15세부터라 한다.

16) 사라(絲蘿) : 토사(兔絲)와 송라(松蘿). 혼인을 뜻하는 말로 쓰인다. *토사는 여라(女蘿)라고도 하는데 나무에 기생하여 사는 이끼다. 송라는 겨우살이풀이다.

17) 거안(擧案) : 밥상을 들다. '거안제미(擧案齊眉)'에서 나온 말인데, 공손한 태도로 밥상을 눈썹과 가지런하게 올려 나른다는 뜻이다. 비유하여, 부부 사이에 서로 존경하고 예의를 다하다. *'맹광(孟光)'이란 처녀가 있는데, 인물이 못났으나 돌절구를 들 만큼 힘이 셌다. 그 맹광이 결혼상대자로 생각하는 사람은 인근에 사는 양홍(梁鴻)과 같은 사람이었다. 양홍은 가난하지만 절개가 있는 사람인데, 그 말을 전해 듣고는 이내 맹광과 결혼했다. 결혼한 후에 맹광이 절구질하는 일로 품팔이하며 생계를 꾸려갔는데, 항상 남루한 의복을 입고 다니면서도 남편의 음식은 부족함이 없게 하였다.

18) 『시경(詩經)·소남(召南)·행로(行路)』 : 길가에 이슬이 촉촉이 내렸다네요, 밤낮으로 나다니는 길이지만, 가는 길에 이슬이 많다 해서 못가겠네요(厭浥行露, 豈不夙夜, 謂行多露)/ 누가 참새에 부리가 없다 했나요, 그럼 어떻게 우리 집 지붕에 구멍을 냈겠어요, 누가 당신의 청혼을 받아들이지 않았다고 했나요, 그 때문에 나를 옥에 가두려는 게 아니겠어요, 비록 내가 당장 옥에 갈지라도, 당신은 혼사에 대해 예의가 없는 사람이라오(誰謂雀無角 何以穿我屋 誰謂女無家 何以速我獄 雖速我獄 室家不足)/ 누가 쥐에 이빨이 없다 했나요, 그러면 어떻게 우리 집 담을 뚫었겠어요, 누가 당신의 청혼을 받아들이지 않았다고 했나요, 그 때문에 나를 옥에 가두려는 게

아니겠어요, 비록 내가 당장 옥에 갈지라도, 나는 결코 그대를 따르지 않을 거라오(誰謂鼠無牙 何以穿我墉 誰謂女無家 何以速我訟 雖速我訟 亦不女從).

이 ‘행로장(行路章)’은 난폭한 남자가 정숙한 여자를 함부로 침범하지 못한다는 내용인데, 위 시에 나오는 ‘위행다로(謂行多露)’는 ‘이슬에 발을 적시기 싫다’는 뜻으로, 남자의 요구를 거절하는 핑계의 말이다.

기롱(譏弄)의 대상이 된다는 뜻은, 편지까지 오간 혼담의 약속이 위의 시처럼 깨지는 것을 말한다. 즉 정중하게 예의를 갖추어 청혼하라는 뜻이다.

19) 묘(妙) : 스물 안팎의 나이.

20) 표매(表妹) : (내종·외종·이종)사촌여동생. 여기에서, 고종사촌인지 외종사촌인지 밝히지 않았다.

21) 서제(噬臍) : (사향노루가 향주머니 때문에 자기가 사냥당하는 것을 알고) 자기 배꼽을 물어 뜯어내려고 해도 이가 닿지 않는다는 뜻으로, 일이 벌어지고 난 뒤에 후회해도 소용이 없다는 말. 서제막추(噬臍莫追), 서제막급(噬臍莫及)으로 쓰인다.

22) 안씨(녀)지청가(顔氏(女)之請嫁) : 안씨녀(顔氏女)는 공자의 어머니를 가리킨다. 정식으로 혼례를 치르지 않고 결혼하여 공자를 낳았다. 즉, 이 말은 혼례의 절차를 무시한 안씨녀처럼, 어머니의 뜻을 어겨서라도 최적에게 시집가겠다는 말이다.

23) 서(오)매지자택(徐(吾)妹之自擇) : 이 말은 <동실조과(同室操戈)>라는 고사에서 나왔다. 춘추시대 정(鄭)나라의 서오범(徐吾犯)에게 여동생이 있는데, 공손씨(公孫氏)의 형제가 한꺼번에 청혼을 해왔다. 난처한 서오범이 당시의 권력자 자산(子山)에게 물으니 여동생이 선택하게 하라고 말했다. 그래서 여동생이 공손초를 선택하여 결혼 예물까지 주고받았다. 그런데 공손흑이 이를 무시하고 공손초를 죽

여서라도 여인을 차지하려고 했다. 그러나 공손초가 이를 알고 대비하고 있다가 오히려 공손흑을 창으로 찌른다. 자산이 공손흑의 행실을 나쁘게 여겨 추방하였다.

본문에 '서매(徐妹)'로 되어 있는데 '서오매(徐吾妹)'로 하여 풀어야 맞을 것 같다. 서오(徐吾)는 성씨이다.

24) 구월(九月) : 이 글에 나오는 월일은 모두 음력으로 쓰였다.

25) 변사정(邊士貞, 1529-1596) : 자 중간(仲幹), 호 도탄(桃灘), 본관은 장연(長淵). 임진왜란이 일어난 이듬해(1593) 7월(음)에 남원에서 의병을 모집하여 수원, 선산, 함안, 대구 등지에서 적을 무찔렀다. 1594년 남원수어장(南原守禦將)에 임용되었으며, 이때 승려 의영(義英)을 시켜 교룡산성을 수축하게 하였다. 1596년에 과로로 죽었다. 선무원종공신(宣武原從功臣)에 녹훈(錄勳)되었다. 저서로 도탄집(桃灘集)이 있다.

26) 연길(涓吉) : 전통 혼례에서, 사주단자를 받은 신부 측에서 신랑의 집에 혼례의 날짜를 정하여 알리는 절차. 즉 택일단자(擇日單子)를 보내는 일.

27) 위극(危革) : 병세가 매우 위급하다.

28) 포선(鮑宣) : 후한(後漢) 때에 가난한 선비 포선이 그의 스승의 딸인 환소군(桓少君)과 결혼했는데, 소군의 친정이 원래 부자라서 많은 노비와 화려한 옷과 물건들을 잔뜩 가져왔다. 그러나 포선이 검약한 생활을 원하는 것을 알고는 모두 친정으로 돌려보냈다. 그리고 나서, 짧은 삼베치마와 작은 수레를 몰고 시댁으로 들어갔다. 이후 소군은 직접 물을 길어 나르며 남편의 청빈한 생활을 뒷받침해주었다고 한다. ─『소학(小學)·선행(善行)』에서.

29) 장륙불금신(丈六佛金身) : 금빛 색칠을 한 1장 6척(약 4.85m)의 불상. 당시 불상의 표준 크기가 장륙이었다 한다.

30) 첩(妾) : 여기에서는, 여자가 자기를 겸손하게 이르는 말로 쓰였다.

31) 공자(公子) : 귀한 집안의 자식. 여기에서는 남편을 높여 이르는 말
  이다.

32) 로(露) : 이슬. 여기에서는 반짝이는 별을 상징하는 말로 쓰였다.

33) 봉도(蓬島) : 신선세계에 있다는 삼신산 중의 하나인 봉래산(蓬萊
  山)을 달리 부르는 말.

34) 요대(瑤臺) : 신선세계에 있다는 옥으로 장식한 누대.
  표묘(縹緲) : 너무 멀어서 어렴풋이 보임.

35) 여기에서 굴신(屈伸)은 생사(生死)를, 영허(盈虛)는 빈부(貧富)를 뜻
  하기도 한다.

36) 회린(悔吝) : 『주역(周易)』에서 나온 말로 '나쁜 것에서 좋은 것으
  로 가는 것'을 회(悔)라 하고, '좋은 것에서 나쁜 것으로 가는 것'을
  인(吝)이라 한다.

37) 지음(知音) : 말을 안 해도 자기 속마음을 알아주는 사람.

38) 강두(江頭) : 나루터.

39) 총병(總兵) : 명나라 무관 계급의 명칭으로, 지금의 사령관급. 품계
  는 주어지지 않았다. 명나라 군사조직의 직급체계는 제독(提督) - 총
  병(總兵) - 부장(副將) - 참장(參將) - 유격(游擊) - 도사(都司) - 천총
  (千總) -파총(把總)으로 되어 있다. 파총은 백총(百摠)으로도 부른다.

40) 요흥부(姚興府) : 지명으로 쓰였는데 명확하지 않다. 절강성(浙江省)
  소흥부(紹興府)의 여요현(餘姚縣)을 가리키는 것 같다. 이곳은 양명
  학파의 본거지로 유명하다.

41) 고니시 유키나가 : 소서행장(小西行長). 히데요시의 측근으로 왜군
  의 선봉장이다. 정유재란 때 남원성을 점령하였다가 순천으로 퇴각
  한 후 일본으로 도망갔다.

42) 낭고야(狼姑射) : 일본 '나고야'의 발음을 우리 식 한자로 옮긴 것
  이다. '姑射'는 '고야'로 발음한다.

43) 용문산(龍門山) : 사천성에 있다.

우혈(禹穴) : 절강성 소흥부에 있는 회계산(會稽山)의 한 봉우리인 완위산(宛委山)에 있다. 우(禹) 임금이 죽어 묻혔다는 유적지로 고대의 전자체(篆字體)로 새겨진 비석이 있다 한다.

44) 소상(瀟湘) : 호남성(湖南省) 동정호 남쪽에 있는 소수(瀟水)와 상수(湘水)를 아울러 이르는 말.

45) 악양루(岳陽樓) : 호남성 악양(岳陽)에 있는 누각. 경치가 뛰어나 많은 문인들이 찾아가 시문을 지었다.

고소대(姑蘇臺) : 강소성 소주(蘇州)에 있는 누대. 춘추시대 오나라 부차(夫差)가 서시(西施)를 위해 지어주었다 한다. 일설에는 부차의 아버지인 합려(闔閭) 때 지은 것이라고 한다.

46) 청성산(靑城山) : 사천성 도강언(都江堰)에 있다. 도교 발상지의 하나로, 많은 도교 사원이 산재해 있다. 자연 경관 또한 뛰어나다고 한다.

47) 소금연단(燒金煉丹) : '소금(燒金)'은 담금질하는 것으로 수련을 뜻한다.

연단(煉丹)'은 단사(丹砂)로 황금(黃金)이나 불사약을 만든다고 하는 연금술의 한 가지. 또는 도가(道家)에서 단전(丹田)을 수련하는 것을 이르는 말.

단사(丹沙) : 붉은 모래. 황하수은을 주성분으로 하는 광물인데 독성이 매우 강하다.

48) 항주(杭州)는 절강성의 수도(首都)이고, 용금문(湧金門)은 항주성의 서쪽 성문이다.

49) 오월(吳越) : 춘추시대 오나라와 월나라 지역. 장강(양자강) 중·하류를 걸친 남쪽지역.

50) 안남(安南) : 인도차이나 동쪽 지역. 당(唐)나라 때 안남도호부를 설치한 데서 유래한다. 이백 년 가까이 당나라에 소속되었다가 독립

한 후 몇 개의 소수 국가로 분열과 통합을 거듭하다가 프랑스의 식
민지를 거쳐 현재 베트남으로 독립한 지역을 포함하여 이르는 말이
다.

51) 방사백(旁死魄) : 초이틀. 사백(死魄)은, 달이 빛을 잃었다 뜻으로
초하루를 가리킨다. 방(旁)은, 그 다음 날이다.

52) 봉창(蓬窓) : 배의 선실에 나있는 창문

53) 계면조(界面調) : 국악에서 쓰는 음계의 하나로, 슬픈 감정을 일으
키게 한다. 계면(界面)은, 듣는 자가 눈물을 흘려 얼굴에다 얼룩으
로 경계를 짓게 만든다는 뜻이다.

54) 형포(荊布) : 荊釵布裙형차포군. 가시나무 비녀(荊釵)와 허름한 베
(布裙)을 입었다는 뜻으로, 자기 아내를 남에게 이를 때 쓰는 겸손
한 말.

55) 양인(良人) : 여기에서는, 옛날에 아내가 남편을 부르는 호칭으로
쓰였다.

56) 여기에서 곡(哭)은 장례의 절차이다. 시신이 없으니 초혼(招魂)을
한 뒤, 곡을 하면서 장례를 치른다는 뜻이다.

57) 노추(奴酋) : 1616년에 후금(後金)을 세운 여진의 '누르하치'를 조
선과 명나라에서 얕잡아 부르던 한자식 이름.
요양(遼陽) : 요녕성(遼寧省) 중부지역에 있다.

58) 교유격(喬遊擊) : 이민환(李民寏)의 『책중일록(柵中日錄)』 등을 참
고하면, 당시 교일기(喬一琦)가 유격으로 참전하였다.

59) 백총(百摠) : 하급 군관.

60) 삼상(參商) : 하늘의 별자리인 삼성(參星)은 서쪽에, 상성(商星)은
동쪽에 있다. 서로 멀리 떨어져 만날 수 없음을 이르는 말.

61) 촬이(蕞爾) : 작고 보잘것없음.
거당비(拒螳臂, 거철당비약(拒轍螳臂弱)) : 사마귀(버마재비)가 팔

을 들어 수레바퀴에 대항하다. 자기의 힘만 믿고 무모하게 나서는 것을 이르는 말.

62) 우모채(牛毛寨) : 각 본마다 중모채(中毛寨), 우미채(牛尾寨), 우미새(牛尾塞) 등으로 달리 쓰였는데, 『책중일록(柵中日錄)』을 보면 '우모령(牛毛嶺)' 너머에 있는 '우모채(牛毛寨)'로 나와 있다.
채(寨)는, 작은 성 또는 작은 요새를 뜻하는 말이다.

63) 유정(劉綎, ? ~1619) : 명나라의 장수로 임진왜란이 일어난 다음해에 참전하였다가 돌아간 후 정유재란 때 남원이 함락되었다는 말을 듣고 입국하여 전황을 살피고 돌아갔다. 이듬해 대군을 이끌고 다시 왔다. 후금의 침입 때 조·명 연합군을 이끌고 싸우다가 부차(富車) 전투에서 전사하였다.

64) 이민환(李民寏, 1573~1649) : 자 이장(而壯), 호는 자암(紫巖). 본관 영천(永川). 광해군 10년(1618)에 강홍립(姜弘立)의 종사관으로 출전하였으나 패하여 포로가 되었다. 17개월 동안 후금의 항복 권유를 물리치다가 석방되었다. 이때 지은 『건주견문록(建州見聞錄)』과 『책중일기(柵中日記)』는 조선에서 신흥국인 후금을 이해하는 데 많은 도움을 주었다. 후에 호란(胡亂)이 일어나자 의병을 일으키는 등 적극 참전하였다. 형조참판과 경주부윤 등을 역임했다. 저서로 자암집(紫巖集)이 있다

65) 이 부분에 대해서는, 역사적으로 잘못되었다는 반론이 있다. *유격 교일기(喬一琦)는 패전 후 조선 군영으로 피신했다가 강홍립이 항복을 결정하자 아들에게 보내는 유서를 남기고 절벽에서 뛰어내려 자살했다. -『책중일기(柵中日記)』.

66) 무학(武學) : 임진왜란 이후 각 지방에 설치된 무관 양성기관. 양반 가운데 건장한 자들을 뽑아 무학(武學)이라 칭하고 무예를 익히게 하였다.

67) 삭주(朔州) : 현재 평안북도 삭주군. 압록강 변에 위치하고 있다.

68) 호우(湖右) : 여기에서는 현 충남지역으로 쓰였다. 고전문집들을 보면 호우에 대한 명칭이 제각각이다. 충청도 전체를 가리키거나, 제천 의림지에 연유하여 충주를 중심으로 하는 일부 지역만을 뜻하기도 하고, 충청의 우측(현 충남지역)을 뜻하기도 한다. 호남을 놓고 볼 때에는 영산강 지역만을 가리킨다. 여기에서는 <은진>이라는 지명이 나와 있기에 현재의 충남지역 일대로 보는 것이 타당하다.
영좌(嶺左) : 경상도 동쪽지역. 조령과 죽령의 이남이 경상도인데, 영남(嶺南) 또는 교남(嶠南)이란 말도 함께 쓴다.

69) 만력(萬曆) : 명나라 신종(神宗) 황제 때의 연호로, 1573년에서 1619년까지이다.

70) 창주(昌州) : 현 평안북도 창성군. 압록강의 국경지대에 있다.

71) 사충(沙虫(蟲)) : 『태평어람(太平御覽)・우족부(羽族部)』에서, 장수와 군졸이 전쟁에 나가 죽으니, 군자는 원숭이나 학이 되고 소인은 모래밭의 벌레가 된다는 말에서 나왔다.

72) 고려대본에는 '동남(東南)'으로, 천리대본에는 '동북(東北)'으로 되어 있다. 실제 위치로도 동북쪽이 맞고, 예전의 항로가 육지를 따라 이어지는 것이 보통이며, 음력 이월이 봄이라 서남풍을 기다려야 한다는 것이 옳다. 따라서 이 부분은 천리대본을 따른다.

73) 강돈(江豚) : 바다와 만나는 장강(양자강) 하류에 사는 돌고래를 달리 이르는 말.

74) 청(靑), 제(齊), 등(登), 내(萊)는 모두 산동성에 있다. 내주(萊州)는 산동반도의 동쪽 끝이다.

75) 해랑적(海浪賊) : 해랑도(海浪島)는 압록강 하구의 섬으로 요동반도에 인접해 있는데, 이 섬을 근거지로 활동하는 해적이 <해랑적>이다. 고려와 조선시대에 고유명사로 쓰일 만큼 골치 아픈 해적집단이었다. 만주, 중국, 왜, 조선인 이외에 황당인(荒唐人: 국적불명의 외국인)까지 가세하여 서해와 남해 일대를 공포로 몰아넣었다. 소

위 동북아 일대의 다국적 해적집단인데 많을 때는 만여 명에 이르
렀을 정도였다. 특히 오랜 기간에 걸쳐 백령도 등을 전초기지로 활
용하기도 했다. 일본열도의 왜구와는 별개의 집단이다.

76) 무판선(貿販船) : 관청의 물품이나 재원을 충당하기 위해 수군(水
軍)에서 운영하는 상선(商船).

77) 폐려(廢廬) : 버려진 집. 작은 오막살이. 여기에서는 '옛날에 살다
떠난 집'의 뜻으로 쓰였다.

78) 음척(陰隲) : 하늘이 사람의 마음과 언행을 보고 복이나 재앙을 내
리는 것.

이야기 둘

만복사저포기

 「만복사저포기」

「만복사저포기」는 김시습의 한문소설집 『금오신화(金鰲新話)』에 수록되어 있는 다섯 편의 단편소설 가운데 한 편이다. 『금오신화』는 김시습(1435~1493)이 30대(1465, 세조11년부터)때 금오산(지금의 경주 남산)에서 지은 우리나라 최초의 한문소설로, 「만복사저포기」, 「이생규장전」, 「취유부벽정기」, 「남염부주지」, 「용궁부연록」의 다섯 작품이 실려 있다. 이 중 「만복사저포기」는 살아 있는 남자 양생과 죽은 여자의 사랑을 그린 애정소설로서, 구조 유형상 명혼소설(冥婚小說), 또는 시애소설(屍愛小說)이라고도 부른다.

「만복사저포기」는 전라북도 남원에 사는 총각 양생이 일찍 부모를 여위고 만복사의 구석방에서 외로이 지내며 배필이 없는 것을 슬퍼하면서 이야기가 시작된다. 그러던 어느 날, 양생은 부처와 저포놀이를 해서 이긴 대가로 아름다운 처녀를 만난다. 그 처녀는 왜구의 난에 부모와 이별하고 정절을 지켜 2년간 궁벽한 곳에 묻혀서 배필을 구하던 터였다.

둘은 부부 관계를 맺고 며칠간 열렬한 사랑을 나누다가 다시 만날 것을 약속하고 헤어진다. 양생은 약속한 장소에서 기다리다 딸의 대상을 치르러 가는 양반집 행차를 만나, 자기와 사랑

을 나눈 여자가 2년 전에 죽은 그 집 딸의 혼령임을 안다. 여자는 양생과 더불어 부모가 베푼 음식을 먹고 나서 저승의 명을 거역할 수 없다며 사라지고 양생은 홀로 귀가한다.

어느 날 밤 여자의 말소리가 들리는데, 자신은 타국에 가 남자로 태어났으니 당신도 불도를 닦아 윤회를 벗어나라고 한다. 양생은 여자를 그리워하며 다시 장가들지 않고 지리산으로 들어가 약초를 캐며 지냈는데, 그 이후는 알 수 없었다고 한다.

「만복사저포기」에는 양생과 처녀, 처녀의 친구인 정씨, 오씨, 김씨, 류씨가 서로 한시를 주고받으며 이야기를 나눈다. 「만복사저포기」의 한시는 단순히 한글로 번역한 뜻만 이해할 때, 그 의미를 정확히 파악하기 어렵다. 「만복사저포기」의 한시를 포함하여 작품 전체의 내용에 대해 하나하나 자세히 주를 달아서 그 구체적인 의미와 유래를 파악할 수 있도록 하였다.

남원에 양(梁)씨 성을 가진 서생(書生)이 만복사(萬福寺)[1] 동쪽마을에서 살았다. 어려서 부모를 여의고 외롭게 자랐는데, 나이가 차도록 부인을 얻지 못한 채 홀로 지내고 있었다.

양생의 방문 밖 뜰에 배나무가 한 그루 있었다. 봄이 되어 꽃들이 피어나니, 가지마다 작고 아름다운 꽃들이 매달려 나무를 온통 새하얗게 뒤덮었다.

달이 떠오르는 밤이면, 양생은 자주 뜰에 나가 배나무 주위를 거닐었다. 거닐며 이따금 소리 내어 시를 읊곤 하였다. 이날도 시를 지었다.

한 그루 배나무는 꽃을 피워 고요한 달빛과 벗하는데

가련한 나는, 이 달 밝은 밤을 애써 외면하고 있네

창을 등지고 홀로 누워 젊은 날을 헛되이 보내는데2)

아름다운 여인은 어디서 퉁소를 불어 봉새를 부르는가.3)

一樹梨花伴寂廖 可憐辜負月明宵

靑年獨臥孤窓畔 何處玉人吹鳳簫

홀로 나는 저 물총새 쌍을 이루지 못하고

짝 잃은 원앙은 맑은 날 강물에서 자맥질하네4)

누구네 집에 약속한 손님이 있어 홀로 바둑알을 놓는가5)

나는 창에 기대어 밤새 초조히 등화(燈花)를 기다리는데.6)

翡翠孤飛不作雙 鴛鴦失侶浴晴江

誰家有約敲碁子 夜卜燈花愁倚窓

시를 읊고 나자, 홀연 공중에서 목소리가 들려왔다.

"좋은 아내를 얻고자 하는 그대의 마음이 간절한데 어찌 뜻을 이루지 못하겠는가."

양생은 그 말을 듣고 기뻐했다. 마침 다음 날이 삼월 이십사일(음력)인데, 이날은 고을의 풍속에 따라 양갓집 부녀자들이 만복사 부처님 앞에 등불을 켜고 복을 비는 날이었다.

날이 밝자 부녀자들이 무리를 지어 만복사를 찾아와서는 저

마다 소원을 빌고 돌아갔다. 온종일 분주하게 이어진 발길은 저녁 무렵이 되어서야 불경소리(梵唄범패)와 함께 그쳤다.

양생은 사람들이 모두 돌아가길 기다렸다가 몰래 법당에 들어갔다. 그리고 소매 속에 넣어온 저포(樗蒲)[7]를 부처님 앞에 꺼내놓고 나서 소원을 빌었다.

"오늘 부처님과 저포놀이로 내기를 하고 싶습니다. 만약 제가 지면 법연(法筵)을 여는 것으로 대가를 치를 것이고,[8] 부처님께서 지신다면 제게 아름다운 여인을 보내주어 소원을 이루게 해주십시오."

빌기를 마치고 나서, 양생은 혼자서 이편저편을 나누어 오가며 저포놀이를 시작했다. 그 결과, 양생이 이겼다. 즉시 부처님 앞에 나아가 "승부가 이미 결정되었으니 약속을 어기시면 안 됩니다." 하고 다짐을 받았다. 그리고는 부처님 뒤에 몸을 숨기고 앉아 소원이 이루어지기를 기다렸다.

얼마 후 아름다운 여인이 혼자 들어오는데, 대략 열대여섯 살쯤 되어 보였다. 새앙머리[9]에 옷차림이 수수한데 용모와 자태가 빼어나게 예뻐서 마치 하늘에서 내려온 선녀와도 같았다. 몸가짐 또한 살펴볼수록 의젓하고 정숙해 보였다.

여인은 들고 온 기름병을 기울여 등잔에 붓고 향에 불을 붙여 향로에 꽂고 나서, 부처님께 세 번 절을 올렸다. 그리고 꿇어앉아 한숨을 내쉬더니 "인생이 짧다 하지만, 어찌 이럴 수가 있습니까?” 하고는 품속에서 청원의 글(狀詞장사)[10]을 꺼내 불단(佛壇)에 올려놓고 빌기 시작했다.

여인이 불단[11]에 올린 내용은 이러했다.

아무 고을 아무 마을에 사는 하씨(何氏)[12] 집안의 아무개가 부처님께 아뢰옵니다.

지난날 변방이 허술하여 왜구들의 침입이 잦은 탓에 온 고을이 창과 방패가 가득한 싸움터로 변했습니다. 침략을 알리는 봉화가 해마다 피어오르면서 가옥이 모두 불에 타고 재물을 약탈당했습니다. 그 때문에 사람들이 사방으로 달아나고 숨느라, 저희 집안도 친척뿐만 아니라 노복들까지도 뿔뿔이 흩어지는 아픔을 겪어야 했습니다.

저는 본래 갯버들처럼 허약한 체질로 태어났기에[13] 난을 피해 멀리 달아날 수 없었습니다. 단지 깊숙한 규방(閨房)[14]에 틀어박혀, 저 ‘행로장(行露章)’에서처럼 밤이슬에 발을 적시지 않고[15] 끝내 정절을 지켰습니다.[16] 여자의 도리를 다해 난리에서 제 몸을 지켜냈기에, 부모님들도 저의 정절을 믿어주셨습니다. 그래서 저를 위해 외진 곳에다 따로 임시 거처를 마련해 주었던 것입니다.

아, 그렇게 홀로 지낸 세월이 어느새 삼 년을 바라봅니다.[17] 봄가을로 달이 뜨고 어여쁜 꽃들이 피어나도[18] 저는 그저 상심한 채 헛되이 세월을 흘려보냅니다. 뜬구름과 같은 만남도 없고, 흐르는 물과 같다는 허무한 사랑도[19] 겪어보지 못한 채 하루하루를 마냥 무료하게 지냅니다. 아무도 찾지 않는 텅 빈 골짜기에 처박혀 박복(薄福)[20]한 제 운명을, 타고난 제 일생을 원망할 뿐입니다. 아름답게 지새워야 할 밤을 외로이 보내며, 짝 잃은 여인의 수레에서 홀로 우는 저 방울소리(彩鸞獨舞채란독무)21)에 마음이 상합니다.

　아, 날이 가고 달이 가는 동안 제 혼은 점차 흩어지고 육신도 부스러져갑니다. 그 짧은 여름날의 밤과 긴긴 겨울날의 밤에는, 제 간장(肝腸)이 찢어지고 뒤틀리는 고통을 느낍니다. 바라옵건대 부처님께서는22) 이 몸을 가엾게 여겨 은혜를 베풀어 주십시오.23) 이승에서의 운명은 이미 전생에서 정해졌고, 업보(業報)24) 또한 피해갈 수 없다는 것을 잘 압니다. 하오나 혹여 만에 하나라도 제게 인연의 끈이 있다면, 더는 지체하지 마시고 저에게 님과 함께하는 즐거움을 내려주시길 간절히 비옵니다. 다른 것은 바라지도 않습니다.

　빌면서 여인은 여러 번 흐느꼈다.

　가만히 숨어 지켜보던 양생은, 여인의 모습에 측은함을 참지 못하고 그만 불쑥 몸을 드러냈다.

　"낭자께선 어떤 사연이 있기에 이렇게 슬피 우는 겁니까?"

　양생은 불단에 올린 종이를 집어 들었다. 그리고 읽어 나가는 동안 점차 얼굴에 기쁜 기색을 드러냈다.

　"낭자는 누구신데, 어찌 이 밤에 혼자서 이곳까지 오셨습니까?"

　여인은 잠시 머뭇거리다가 대답하였다.

　"저도 사람입니다. 당신이 좋은 배필을 얻기 위해 왔듯이 저도 좋은 사람을 만나기 위해 왔습니다. 당신이나 저나 사정은 마찬가지인데 묻고 따지며 저를 의심하는 말투는, 앞뒤가 맞지 않은 경우가 아닌가요?"

당시 만복사는 낡을 대로 낡아 볼품이 없고, 거주하는 스님들도 한쪽 외진 구석에서 지내고 있을 뿐이었다. 다만 법당 앞에 낭무(廊廡)25)가 한 채 쓸쓸히 남아있었다. 그 낭무의 끄트머리에 판자로 된 좁은 마루방이 있었다.

양생은 서둘러 여인을 이끌고 그곳으로 들어갔다. 여인도 그다지 싫어하는 기색을 보이지 않았다. 이윽고 둘은 함께 즐거움을 나누었는데, 여느 사랑하는 부부나 다름이 없었다.

어느덧 밤이 깊어가고, 동쪽 산마루로 달이 떠올라 나뭇가지의 그림자가 들창에 드리워졌다. 그때 갑자기 발자국 소리가 들려오자 여인이 밖을 향해 말했다.

"누구냐? 네가 어찌 알고 여길 찾아왔느냐?"

"예, 접니다. 낭자께서 평소 중문(中門) 밖으로는 서너 걸음도 안 하시더니 어제 저녁에는 갑자기 바깥출입을 하여 누추한 이곳까지 오시다니 어인 일이십니까?"

몸종아이가 대답하며 물었다.

"오늘 일은 결코 우연이 아니다. 하늘이 돕고 부처님이 보살펴 주신 덕에 여기서 훌륭한 낭군26)을 만나 해로(偕老)27)하기로 하였다. 비록 부모님께 알려 예법에 따라 혼례를 치른 것은 아니나 잔치를 치른 것과 다름없는 즐거움이 있으니, 이 또한 살아가며 만나는 기이한 인연일 것이다. 너는 집에 가서 주과상(酒果床)을 보아 자리를 마련해 오거라."

여인의 지시대로 몸종이 돌아가서 음식을 장만해왔다. 그리고 뜰에다 술상을 차려놓았는데, 밤도 기울어 사경(四更)[28]에 접어들 때였다.

펼쳐놓은 방석과 상은 무늬가 없는 소박한 것인 데 비해 술에서 풍기는 향기는 정녕 인간 세상에서 맡아볼 수 없을 정도로 훌륭했다. 그 때문에 양생은 잠시 괴이하게 생각하였다. 그러나 여인이 말하고 웃는데 그 모습이 너무나 맑고 어여쁘며 몸가짐과 행동 또한 나무랄 데 없이 의젓하고 얌전하기에, 필경 어느 귀한 집 처녀가 담을 넘어 나온 것이라 여기고는 더 이상 의심하지 않았다.

여인이 양생에게 술잔을 올리며 몸종에게 권주가(勸酒歌)[29]를 부르게 하려다가, 양생에게 먼저 물었다.

"이 아이는 옛 곡조(曲調)[30]밖에 모릅니다. 제가 가사 한 결(闋)[31]을 지어, 이 아이에게 부르도록 하면 어떻겠습니까?"

양생이 오히려 좋아하며 그러라 하였다. 여인은 즉시 만강홍(滿江紅)[32] 가락으로 가사를 지어 몸종에게 부르게 하였다.

봄추위에 애처롭다

얇은 비단 적삼 입고

그간 얼마나 애간장을 태웠느냐

惻惻春寒 羅衫薄 幾回腸斷

금압(金鴨)33)에 불 꺼지고

석양에 산 빛이 검푸른데

저녁 구름만 우산처럼 드리워졌네

金鴨冷 晚山凝黛 暮雲張繖

비단 장막 원앙금침에 함께할 님이 없어

봉생(鳳笙) 찾아 용관(龍管) 부느라 밤새 금비녀가 기울었네.34)

錦帳鴛衾無與伴 寶釵半倒吹龍管

아까워라,

세월은 탄환처럼 빠르게 흐르고

그사이 가슴속에 번민만 가득하였구나

可惜許 光陰易跳丸 中情懣

등잔에 불씨 사라지면

날 밝아 은박병풍35)이 이내 거두어지리니

燈無焰 銀屏短

부질없는 눈물일랑 이제 그만 닦아내랴36)

지금 누구와 함께 이 즐거움을 나누고 있느냐

徒抆淚 誰從款

기쁘고 기쁜 오늘밤

추연(鄒衍)의 피리 소리에 따뜻한 봄날이 돌아와[37]

喜今宵 鄒律一吹回暖

무덤[38] 속 같은, 내 천년의 한이 풀어지니

속된 금루곡(金縷曲)[39] 가락에 은주발 기울여 술 마시자

破我佳城千古恨 細歌金縷傾銀椀

지난날 돌아보지 않으리

눈 찌푸리던 서시(西施)[40]도 한을 품고

관왜(館娃)[41]에서 쓸쓸히 잠들었다지 않나

悔昔時 抱恨蹙眉兒 眠孤館

권주가가 끝나자, 여인은 슬픈 표정으로 진지하게 말을 꺼냈다. "지난 왜구의 난리로 인해 저는 가정을 이루어 봉도(蓬島)의 신선들처럼[42] 행복하게 살고 싶은, 제 인생의 꿈을 버려야 했습니다. 그 때문에 당시의 인연은 미처 꽃을 피워보지도 못한 채 허무하게 끝났습니다.[43] 그런데 오늘은 또 어렵게 만난 당신을 떠나보내야 합니다. 마치 멀리 떠나 돌아오지 않는 남편을 소상(瀟湘)에서 보았다는 사람의 말을 전해 듣고도 마냥 기다리는, 그 가여운 아낙의 처지가 되고 말았습니다.[44] 하오나 이나마 하

늘의 도움이라 생각합니다. 오늘 낭군님을 이렇게라도 모셔보
았으니 제 처지로는 적이 행운이라 여깁니다. 만약 당신께서 이
후에도 저를 잊지 않고 버리지 않을 생각이라면, 저는 당신의
성실한 아내로서[45] 끝까지 당신 곁에 머무르겠습니다. 그러나
당신이 저를 원하지 않으신다면 저 구름과 진흙의 간격만큼이
나[46] 멀리 떨어진 곳으로, 당신 곁을 영원히 떠나겠습니다.”

양생은 여인의 말에 감동하여 “어찌 당신을 만나게 해준 운
명에 따르지 않겠소.” 하였다. 그러면서도 갑작스러운 말과 태
도에 뭔지 모르는 불안을 떠올렸다. 양생은 조심스럽게 여인의
행동을 살폈다.

어느덧 달이 기울어 서산에 걸리고, 외진 산골마을에서 닭이
울어댔다. 새벽을 깨우는 만복사의 첫 종소리가 울려 퍼지자,
어둠이 걷히고 먼동이 터오려고 하였다. 그때 여인이 말했다.

“아이가 자리를 거두면 이제 그만 돌아가시지요.”

양생은 돌아가자는 말에 순간 당황하여 그 말의 뜻을 어떻게
받아들이고 또 어떻게 처신해야 할지 몰라 난감했다.[47] 그러자
그 모습을 눈치챈 여인이 다시 말을 건넸다.

“이미 인연을 맺었으니 당신을 모시고 제 집으로 돌아가려고
합니다.”

양생은 여인이 앞장서 이끄는 대로 따라갔다.[48] 마을을 지날
때 개가 울타리에서 짖어댔다. 길거리에는 벌써부터 사람들이

돌아다니는데, 그 누구도 양생이 여인과 함께 가는 것을 알아차
리지 못했다. 단지 "서생께선 이른 아침에 어디를 다녀오시오?"
하고 인사를 건네줄 뿐이었다.

"어젯밤 술에 취해 그만 만복사에서 잤습니다. 이제 친구가
사는 마을을 찾아가려고 나서는 길입니다." 양생은 이렇게 대답
하고 걸음을 옮겼다.

그사이에 날이 밝아왔다. 여인은 풀이 무성한 샛길로 양생을
안내했다. 이슬이 잔뜩 매달린 풀밭을 지나자니 마치 길이 없는
곳을 헤치고 나아가는 듯하였다.

"어찌 이런 곳에서 사십니까?"

여인이 살며시 웃으며 "홀로 지내는 젊은 과부댁49)의 집이
다 그렇지요." 하고는, 다시 시경(詩經)의 시구를 바꾸어 농을 걸
어왔다.

※

읍내에 나다니고 싶은 마음, 어찌 밤낮을 가리겠소마는,
가는 길에 이슬이 많다 해서 못가네요50)
於邑行路, 豈不夙夜, 謂行多露

여인은 자기가 '바람을 피우고 싶었지만 차마 그러지 못한
이유는 오직 당신을 만나기 위해서였다'는 투로 양생을 놀렸다.

그러자 양생도 뒤를 받아 시경의 시구로 희롱하였다.

❀

여우가 어슬렁거리며, 기수(淇水)의 돌다리 위를 서성이네51)
노나라 오가는 길 평탄하다고, 시집간 제나라 공주가 제멋대
로 날뛰며 돌아오네52)
有狐綏綏 在彼淇梁 魯道有蕩 齊子翶翔

양생은 '당신이 나를 만나지 않았다면 필경 남자를 홀리기
위해 뻔질나게 읍내에 들랑거렸을 것이고, 그러다가 결국에는
아예 드러내놓고 설치는 바람둥이가 되었을 것이다.'라는 뜻으
로 맞받아 놀렸다.

그렇게 둘이서 시를 주고받으며 한바탕 웃고 떠드는 사이 개
녕동(開寧洞)에 이르렀다.

그곳은 온통 다북쑥53)으로 뒤덮여 있고, 주변에는 들쑥날쑥
한 가시나무들이 하늘을 향해 늘어서 있었다. 그 사이로 아담하
면서도 아름다운 집이 한 채 들어서 있었다.

양생은 여인을 따라 집 안으로 들어갔다. 방 안에는 이부자리
와 휘장이 잘 정돈되어 있었다.

양생이 그곳에서 사흘을 머물렀는데, 그동안 평생의 즐거움
을 한꺼번에 다 얻은 듯했다. 예쁜 몸종은 꾀를 부리지 않고 정

성을 다해 시중을 들었고, 살림살이는 모두 깨끗하게 정리되어 있는데 하나같이 무늬가 없었다. 마치 인간 세상이 아닌 곳에 들어선 것 같았다. 그러나 여인의 극진한 정성과 두터운 정에 이끌려 다른 생각을 할 겨를이 없었다. 그저 마냥 즐거웠다.

그렇게 꿈같은 시간이 지나자, 여인이 말을 꺼냈다.

"지난 사흘이, 저에겐 삼 년과도 같은 즐거움을 주었습니다. 낭군께서는 이제 집으로 돌아가 생업을 돌보셔야 합니다."

그리고 헤어짐에 앞서 여인은 술자리를 마련하였다. 양생은 아쉽고 섭섭한 마음을 숨길 수 없었다.

"어찌 이별이 이다지도 빠르오?"

"우린 당연히 다시 만나 평생의 소원을 풀게 될 것입니다. 오늘 이 누추한 곳에 오신 것도 반드시 전생의 인연54)이 있었기 때문입니다."

그리고 여인은 얼른 말을 돌렸다.

"그보다, 이웃의 친척들을 만나보고 가시는 것은 어떨지요?"

양생이 그러라 하였다. 여인은 몸종을 시켜 주변의 친척들에게 참석해 주기를 청했다.

모여든 사람은 넷이었다. 정씨(鄭氏), 오씨(吳氏), 김씨(金氏), 유씨(柳氏)로 명문가의 처녀들인데 여인과는 한마을에 살던 친척들이었다. 하나같이 성품이 온화하고 외모에서 풍기는 인상이 고상하고 우아해 보였다. 또한 총명하여 문자를 알고 능히 시부(詩

賦)55)를 지을 줄 알았다. 여인들은 각자 칠언절구56) 네 수씩을 지어 작별의 아쉬움을 전해 주었다.

정 여인은 한눈에 봐도 풍류가 묻어나는 자태를 지녔는데, 풍성하게 쪽진 머리에 비녀57)를 꽂고 있었다. 그녀는 목을 가다듬고 나서 시를 읊기 시작했다.

봄이 오면, 고운 달과 어여쁜 꽃이 어우러지는데
찾아드는 시름에 젖어 몇 해를 홀로 보냈는가
날개 맞대고58) 함께 날아갈 님이 없어 한스러운데
저들은 서로를 희롱하며 푸른 하늘에서 춤을 추네.
春宵花月兩嬋娟 長把春愁不記年
自恨不能如比翼 雙雙相戲舞靑天

칠등(漆燈)59)에 불 꺼진 이 밤을 어이 보냈는가
북두칠성 가로눕고 달도 반은 기울었는데
한 서린 무덤 속 같은 이곳, 찾는 이 없는데도
어찌 푸른 적삼 구겨지고 머리카락 흐트러졌나.
漆燈無焰夜如何 星斗初橫月半斜
惆悵幽宮人不到 翠衫撩亂鬢鬖髿

매실이 떨어지고 나면 사랑의 결실도 없다는데[60]

봄바람 등지고 지내는 사이에 일이 벌어졌네

그간 얼마나 많은 눈물을 베갯머리에 흘렸느냐

산속 정원[61]에 배꽃 때리는 빗소리만 가득하였지.[62]

摽梅情約竟蹉跎　辜負春風事已過

枕上淚痕幾圓點　滿庭山雨打梨花

봄날의 온갖 사랑 이야기는 우리에게 어울리지 않아

적막한 산자락에 처박혀 그저 그런 밤을 지내왔지

남교(藍橋)를 지나는 낯선 나그네 보지 못했는데

배항(裴航)이 언제 운교 부인을 만나고 이리 찾아왔는가.[63]

一春心事已無聊　寂寞空山幾度宵

不見藍橋經過客　何年裴航遇雲翹

새앙머리에 가냘프고 어여쁜 오씨는, 자신 감정에 겨워 서둘
러 뒤를 이었다.

만복사에 향불 올려 소원을 빌고 온다더니

남몰래 동전점[64]을 쳐 누구와 인연을 맺고 왔나

봄가을의 좋은 시절, 그동안 한스럽게 보냈지만

이제 술통을 앞에 놓고 한잔 술로 그 시름 모두 떨치네.

寺裏燒香歸去來　金錢暗擲竟誰媒

春花秋月無窮恨　銷却樽前酒一盃

새벽이슬이 복사꽃잎을 촉촉이 적셔주는데[65]

봄이 깊어가도 깊은 골짜기엔 나비가 찾아들지 않았네

어쨌든 기쁘구나, 이웃에서 좋은 연분을 맺었다니[66]

새 노래 지어 부르며 금잔에 술 부어 마음껏 마셔보세.

溥溥曉露浥桃腮　幽谷春深蝶不來

却喜隣家銅鏡合　更歌新曲酌金罍

제비는 해마다 봄바람에 실려 춤추듯 날아오건만

춘정(春情)에 애태워도 우리에겐 이미 헛된 일이라네

부러운 저 연꽃은 서로 꽃받침을 나란히 하여

밤 깊도록 연못에 잠겨 함께 몸을 씻고 있네.

年年燕子舞東風　腸斷春心事已空

羨却芙蕖猶竝蔕　夜深同浴一池中

푸른 산속에서 보다 한층 높게 자라는[67]

저 연리지(連理枝)[68]는 항상 붉은 꽃을 피우지만

한스러워라, 우리 인생 저 나무와 같지 않아

짧은 청춘 흘려보내고 눈동자에 눈물만 고였네.

一層樓在碧山中 連理枝頭花正紅

却恨人生不如樹 靑年薄命淚凝瞳

김 여인은 자세를 바로잡고 진지한 모습으로 붓을 들었다. 그리고는 앞의 시들이 너무 음란하다고 꾸짖었다.

"오늘 일에 대해 쓸데없는 말을 늘어놓지 마오. 지금 이 자리의 광경에 대해서만 이야기하면 되지, 어찌 자신의 속마음을 담아 절조를 잃은 모습을 보이오. 혹여 세상 사람들에게 우리들의 부끄러운 생각이 전해질까 두렵소."

여인은 시를 다 짓고 나서, 낭랑한 목소리로 노래하듯 시를 읊었다.

오경에 새벽바람 불면 두견새가 울음을 그치고

동쪽하늘이 밝아오면 은하수가 빛을 잃는다오

옥소(玉簫)69)의 인연으로 더는 희롱들 하지 마소

우리의 속마음 행여 바깥사람들이 알까 두렵다오.

杜鵑鳴了五更風 寥落星河已轉東

莫把玉簫重再弄 風情恐與俗人通

오정주(烏程酒)70)를 금술잔71)에 가득 따르리라

취하도록 마시고 우리더러 말 많다 하지 마오

날 밝아 미운 봄바람이 온 땅을 휩쓸고 지나가면

한 줄기 봄날의 풍광, 누구의 꿈인 줄 어이 알겠소.

滿酌烏程金叵羅　會須取醉莫辭多

明朝捲地東風惡　一段春光奈夢何

초록빛 소맷자락 드리워 춤추다 지칠 때까지

풍악소리 울리며 넘치도록 술잔72)을 기울이세

청흥(淸興)73)이 솟구치면 돌아가지 않을지도 모르니

서둘러 새 가사로 노래 짓고 쉼 없이 불러보세.

綠紗衣袂懶來垂　絃管聲中酒百巵

淸興未闌歸未可　更將新語製新詞

풍성한 고운 머리 흙먼지로 더럽힌 지 몇 해인가

오늘에야 님을 만나 곱던 얼굴 활짝 피어났구려

고당(高塘)74)의 신비한 이야길랑 행여 꺼내지도 마오

사람들이 한낱 풍류거리 삼아 떠들어댈까75) 두렵다오.

幾年塵土惹雲鬟　今日逢人一解顔

莫把高唐神境事　風流話柄落人間

유 여인은 옅은 화장에 흰옷을 입고 있어 눈에 띄게 화려해
보이지 않았다. 그러나 예절 바른 단정한 자세로 말없이 앉아
있다가, 살짝 미소를 보이더니 시를 읊기 시작했다.

규방(閨房)의 정절을 지켜온 지 그 몇 해인가
향기로운 넋과 백옥 같은 몸,76) 땅속 깊이 묻어두고
봄날의 밤이 되면 언제나 항아(姮娥)77)와 함께하며
계수나무 꽃향기78) 속에서 홀로 잠들곤 하였지.79)
確守幽貞經幾年　香魂玉骨掩重泉
春宵每與姮娥伴　叢桂花邊愛獨眠

봄바람에 피어난 복사꽃 오얏꽃을 반기지 않더니80)
그 많은 꽃이파리 흩날려 누구 집에 뿌려놓았나
저 여인, 평생 금파리81)를 멀리할 것처럼 새침이더니
어찌 곤륜산82)의 맑은 옥에다 스스로 흠집을 내었을까.
却笑春風桃李花　飄飄萬點落人家
平生莫把青蠅點　誤作崑山玉上瑕

분도 연지도 번거롭고 머리손질 귀찮아 다북쑥이 되니
향 상자에 먼지만 쌓이고 구리거울에 녹이 다 슬었네

오늘 새벽에 이웃집 혼인잔치가 있다기에 찾아와 보니
부끄럽게도, 신부머리에 얹힌 꽃83)이 유난히 붉게 보이네.
脂粉慵拈首似蓬　塵埋香匣綠生銅
今朝幸預鄰家宴　羞看冠花別樣紅

낭랑84)께서 백면서생85)을 이제야 낭군으로 맞이하셨네
하늘이 정해준 인연인데 이렇듯 어렵게 만나는구나86)
월하노인87)이 이미 부부의 인연을 맺어주었다니88)
앞으로 양홍과 맹광89)처럼 서로 사랑하며 사소서.
娘娘今配白面郎　天定因緣契闊香
月老已傳琴瑟線　從今相待似鴻光

　여인은 유 여인이 읊은 시의 마지막 장에 감격하여 자리에서
일어났다.
　"저도 글을 배워 대충 자획(字劃)90)을 분별할 줄 압니다. 좋은
시를 듣고 어찌 가만히 있겠습니까."
　여인은 근체시91)로 칠언사운(七言四韻)92)을 지었다.

개녕동 골짜기에 틀어박혀 봄날의 시름에 힘겨워했지
꽃이 지고 필 때마다 온갖 서러움에 잠겨 지냈네

초협(楚峽)93)의 구름 속에서 님을 만나지 못했는데

어찌 상수(湘水)의 대나무94)에다 눈물을 뿌렸겠는가.

開寧洞裏抱春愁 花落花開感百憂

楚峽雲中君不見 湘江竹下泣盈眸

맑은 날 강물에 따스한 햇살 내리니 원앙이 짝을 찾고

구름 걷힌 푸른 하늘에 물총새 짝지어 노닐게 되었다오

우리 서로 마음을 합해 동심결(同心結)95)을 맺었으니

맑은 가을을 원망하는 비단부채96)가 되지 않게 해주소서.

晴江日暖鴛鴦竝 碧落雲銷翡翠遊

好是同心雙綰結 莫將紈扇怨淸秋

양생도 문장에 능한 사람이라, 그들의 시가 맑으면서도 고상한 품격을 지녔으며 음률의 조화에 있어서도 울림이 크고 아름다운 것을 알고, 거듭 감탄하였다. 양생도 즉시 고풍 장단편(古風長短篇)97) 한 장(章)을 지어 화답하였다.

오늘 밤이 어떤 밤이기에

이런 선녀님들을 만났을까

꽃 같은 얼굴 어찌 그리도 어여쁘며

붉은 입술은 흡사 앵두 알 같아라

시 짓는98) 재주도 참으로 훌륭하여

이청조(李淸照)99)를 머뭇거리게 하였네.

今夕何夕　見此仙姝

花顏何婥妁　絳脣似櫻珠

風騷尤巧妙　易安當含糊

직녀가 베틀에서 내려와 은하수를 건너오고

항아가 약 찧던 공이 내려놓고 달에서 달려왔네100)

모두가 소중한 이 작별의 자리101)를 빛나게 하시니

우상(羽觴)에 술 따라 서로 권하며 조촐한 주연을 벌이네.102)

織女投機下天津　嫦娥抛杵離淸都

靚粧照此玳瑁筵　羽觴交飛淸讌娛

구름과 비처럼,103) 아직은 서로 친밀하지 않지만

조심스레 술 따르고 노래하며104) 함께 기뻐해주니

잘못 찾아 봉래섬에 왔나 싶던 마음 오히려 즐거워지네

신선세계의 풍류객들을 여기서 이렇게 만났으니.

殢雨尤雲雖未慣　淺斟低唱相怡愉

自喜誤入蓬萊島　對此仙府風流徒

진귀한 음식[105]과 향기로운 술 넘치는 술통을 놓고

금예향로(金猊香爐)[106]에서 은은히 풍기는 서뇌향(瑞腦香)[107]

그 달콤한 향기가 백옥장(白玉牀)[108] 앞을 스치는데

실바람 불어와 침실의 푸른 휘장을 어루만져 주네

선녀들이 모여 합환주[109] 나눈 우리를 축하해주니

상서로운 오색구름이 주위를 서서히 감싸고도네.

瑤漿瓊液溢芳樽　瑞腦霧噴金猊爐

白玉牀前香屑飛　微風撼波靑紗廚

眞人會我合巹巵　綵雲冉冉相縈紆

선녀님들은 모르시나요

문소(文蕭)와 채란(彩鸞)[110]이 만난 이야기를

장석(張碩)과 난향(蘭香)[111]이 어찌 만났는가를

사람이 서로 만나는 건 반드시 정해진 인연 때문이니

우리 서로 술잔을 권하며 취해 지칠 때까지[112] 마셔보세

君不見

文蕭遇彩鸞　張碩逢杜蘭

人生相合定有緣　會須擧白相闌珊

낭자는 어찌 그리 쉽게 말을 하시나요

가을바람에 부채 버리듯 당신을 저버릴 거라고[113]

환생이 거듭되는 한,114) 나는 영원한 당신의 짝이 되어

꽃 피고 달 밝은 밤이면 항상 당신과 함께 거닐 거라오.115)

娘子何爲出輕言　道我掩棄秋風紈

世世生生爲配耦　花前月下相盤桓

송별의 자리를 마치고 친척여인들이 돌아가자, 여인은 은주발을 하나 꺼내 양생에게 주었다.

"저의 부모님들께서 내일 보련사(寶蓮寺)에 가셔서 저를 위한 음식상을 마련할 겁니다. 만약 저를 저버리지 않을 생각이시면 그 길목에서 저의 부모님들을 잠시 지체하시도록116) 하여 저간의 사정을 말하십시오. 그러고 나서 저를 기다렸다가 함께 절로 찾아가 다시 만나뵙는 것이 어떻겠습니까?"

양생은 주저하지 않고 그렇게 하겠다고 했다.

이튿날 양생은 여인의 말대로 은주발을 들고 보련사로 들어가는 길목에 서 있었다.

얼마 후 어느 부유한 귀족 집안의 일행이 수레와 말을 타고 보련사를 향해 올라오는데, 어떤 여자의 대상(大祥)을 치르기 위해 준비한 듯 많은 제물을 함께 싣고 있었다.

그때 일행 중 하인 한 사람이, 길가에서 은주발을 들고 서 있는 양생을 발견하였다. 하인은 곧바로 주인에게 달려가 그 사실을 알렸다.

"아가씨의 장례 때 함께 묻어준 물건을 누가 이미 훔쳐냈습니다."

주인이 무슨 소리냐고 되묻자, 하인은 양생을 가리켰다.

"저 서생(書生)이 그때 함께 넣어준 은주발을 가지고 있습니다."

주인은 즉시 행렬을 멈추게 하고, 양생을 불렀다. 그리고 은주발을 지니게 된 까닭을 물었다.

양생은 전날 여인이 일러준 대로 대답했다. 여인의 부모는 양생의 갑작스런 이야기에 놀란 나머지 꽤 오랜 시간117) 말을 잇지 못했다.

"내게 딸아이가 하나 있었네. 지난 왜구의 난리에 싸움터를 벗어나지 못하고 그만 죽어버려, 미처 제대로 된 장례도 치르지 못한 채 개녕사(開寧寺) 부근에 임시로 묻어 두었네. 그동안 차일피일 장례를 미루어오다가 지금에 이르렀는데, 오늘이 바로 그 아이의 대상일(大祥日)이라네. 그래서 임시로 재연(齋筵)118)을 마련하여 저승길이나마 편안히 보내려고 이렇게 나서는 중이라네. 만약 자네가 그 아이와의 약속을 지킬 생각이라면 부탁하네만, 그 아이를 기다렸다가 함께 와주게나. 그리고.... 그 아이가 죽었다고 한 말에 너무 놀라지 않기를 바라네."

말을 마치고 나서 여인의 부모는 행렬을 재촉하여 보련사로 향했다.

양생은 한동안 어리둥절하여 별별 생각을 하다가 이내 멍한 채로 우두커니 서 있었다.119) 때가 되자 한 여자가 몸종을 데리고 허겁지겁 다가오는데,[120] 바로 여인이었다. 둘은 재회의 기쁨을 서로 나누며 손을 맞잡고 나란히 절 안으로 들어갔다.

절에 들어선 여인은 먼저 부처님에게 예불을 드렸다. 그러고 나서 하얀 휘장이 드리운 곳으로 다가가더니 곧장 안으로 들어갔다. 그때까지 여인의 친척과 스님들은 여인의 출현을 알리는 양생의 말을 믿지 않았다. 오직 양생만이 여인을 볼 수 있기 때문이었다.

여인이 휘장 안에서 양생에게 말하였다.

"들어와 함께 음식을 드시지요."

양생은 그 말을 여인의 부모님에게 전했다.

여인의 부모는 양생의 말이 사실인지 알기 위해 들어가 같이 밥을 먹도록 허락하였다. 그리고 귀를 기울여 휘장 안의 동정을 살피니, 여인의 수저와 젓가락이 움직이며 내는 소리가 들렸는데 마치 산사람이 식사할 때 내는 소리와 같았다. 그때서야 양생의 말이 모두 사실임을 알고 놀라워하며 탄식하였다.

여인의 부모는 양생에게, 휘장 안에서 딸과 함께 그대로 있어 주기를 부탁하였다.

한밤중이 되자 내용을 알 수 없는 여인의 맑고 고운 목소리가 들려왔는데, 사람들이 자세히 엿들으려고 하면 이내 이어지던 대화가 그치곤 하였다.

그 목소리는 여인이 양생에게 하는 말이었다.

“제가 인륜의 법도에 벗어난 행위를 하였다는 것을, 잘 알고 있습니다. 저도 어렸을 때 시서(詩書)를 읽어 예의범절에 대해서는 조금이나마 압니다. 시경의 건상장(褰裳章)121)에서 말하고자 하는 여인의 방자한 언행이 얼마나 염치없는 짓인지, 상서장(相鼠章)122)에서 풍자하듯 예의 없는 행위가 얼마나 낯부끄러운 것인지에 대해서도 익히 알고 있습니다. 그러나 오랜 기간 풀숲 우거진 산속의 들판에 내버려진 채 홀로 지내다 보니, 마음 저 깊은 곳에서 솟구치는 사랑의 감정을 이기지 못하고 끝내는 성현(聖賢)께서 지적한 경계의 말씀을 어기고 말았습니다.

지난번 만복사의 법당을 찾아 부처님께 향을 올리며 제 소원을 빌 때, 저는 제 짧은 일생을 서러워하며 원망했습니다. 그런데 우연찮게도 낭군을 만나 삼세(三世)의 인연을 맺게 되자, 그 기쁨에 그만 제 처지를 망각하고 말았습니다. 저는 양홍(梁鴻)이 엄광(孟光)을123) 받들 듯 낭군의 고결한 뜻을 받들며 모시고 싶었고, 밥 짓고 술 거르며124) 또한 옷도 기우면서, 그렇게 평범한 아낙으로서 제 도리를 지켜가며 당신과 함께 한평생을 보내려고 하였습니다.

아 그러나, 제가 짊어진 한스러운 업보는 피해갈 수 없습니다. 저는, 이제 저승길을 가야 합니다. 낭군과의 즐거운 시간을 미처 다하지 못하였는데 이렇듯 슬픈 이별을 해야 합니다. 반비(潘妃)가 황금연꽃을 밟으며 걷던125) 즐거움은 이제 한낱 병풍 속의 그림이 되었고, 아향(阿香)이 손님의 시중을 들지 못하고 천둥수레를 밀어야 하듯[126] 저도 제 주어진 운명의 길을 따라야 합니다. 무산선녀가 사는 양대(陽臺)[127]에 날이 밝아 안개가 걷히고, 은하수를 가로질러 견우와 직녀를 만나게 해준 오작교의 까막까치도 흩어지고 있습니다.

아, 이제 당신과 헤어지고 나면 언제 다시 훗날을 기약할 수 있을까요. 이렇게 아쉬운 이별을 맞닥뜨리고 나니 처참한 제 심정을 어찌해야 할지 모르겠습니다.”

이윽고 여인의 혼이 떠나갈 때가 되자, 양생의 말을 전해들은 사람들이 울며 곡(哭)을 하기 시작하였다. 혼이 문밖으로 나가자 지금까지 양생의 눈에 보이던 형체가 사라지고 목소리만 은은하게 들려왔다.

저승길에도 정해진 기한이 있어
슬프지만 님과 헤어져야 합니다
내 사랑 낭군님께 비오니
행여라도 저를 저버리지 말아 주세요
冥數有限　慘然將別
願我良人　無或疎闊

애달프다 우리 부모님네

나와 오래하지 못하였네

아득한 저승에서나마

마음으로 끈을 묶어 모시겠어요

哀哀父母 不我匹兮

漠漠九原 心糾結兮

여인의 목소리가 점점 멀어지며 희미해가고, 마침내는 목메어 흐느끼는 소리와 뒤섞여 알아들을 수 없게 되었다.

그렇게 여인의 혼령을 떠나보낸 후에야 부모님들은 그동안의 일이 모두 사실인 것을 깨달았다. 양생 또한 여인이 죽은 혼령인 것을 새삼 실감하고 또 영영 떠나가 버린 것에 대해 가슴이 무너지는 아픔을 느꼈다. 양생은 여인의 부모님들과 서로 머리를 맞대고 앉아 한동안 눈물을 흘리며 슬퍼하였다.

여인의 부모님이 양생과 헤어지기에 앞서 말을 꺼냈다.

"은주발은 자네가 그냥 지니고 있게. 다름이 아니라 딸아이의 몫으로 되어 있는 몇 마지기 논밭과 노비들128)이 있는데, 딸아이가 남긴 신표(信標)라 생각하고 그걸 자네가 맡아 주었으면 하네. 부디 내 딸아이를 잊지 말아주게."

다음 날 양생이 고기와 현주(玄酒)와 청주(清酒)129) 등을 마련하여 일전에 따라나섰던 개녕동을 찾아가니, 과연 풀로 이엉을 엮어 임시로 안치한 무덤130)이 있었다. 양생은 가지고 간 제물로 먼저 제사상을 차리고 나서 구슬피 울었다.

그리고 며칠 뒤에는 사람들을 시켜 정식으로 매장의 절차를 밟아 새 무덤을 만들었다. 그 새 무덤 앞에서 양생은 저승길의 노자로 쓸 종이돈131)을 불살라 올렸다. 이어 제문(祭文)을 지어 여인에게 바쳤다.

혼령이시어! 당신은 타고난 성품이 온화하고 아름다웠으며, 자라면서도 항상 맑은 기품을 잃지 않으셨습니다. 용모와 자태는 능히 서시(西施)와 견줄 만하고, 시와 가사를 짓는 재능은 주숙진(朱淑眞)132)보다 월등했습니다. 어머님의 가르침에 따라 행실이 어긋나지 않았고,133) 아버님의 가르침134)에 귀를 기울여 경계의 말(箴言잠언)로 삼았습니다.

지난 난리에 백옥(白玉)135)과도 같이 티 없이 맑은, 당신의 그 순수함을 지키기 위해 당신은 왜구와 마주치는 순간 스스로 아까운 젊은 생을 버리셨습니다.136)

그리하여 외진 산골짜기에 당신의 육신을 내맡겼습니다. 피고 지는 꽃을 홀로 바라보고, 차고 기우는 달을 혼자 올려다보면서, 그 마음을 얼마나 아파했습니까. 봄바람이 불면 두견새 애처롭게 울며 피를 토하듯, 당신의 마음은 그야말로 창자가 끊어지는 고통이었을 것입니다. 가을이 돌아와 서리가 내리면 여름 한철 쓰다가 버린 비단부채처럼, 그렇듯 허무하게 내팽개쳐진137) 당신의 운명에 애간장이 타들어가는 통한을 느꼈을 것입니다.

저를 만나던 그날 밤, 당신과 나는 한순간에 서로의 마음을 사랑의 끈으로 동여매었습니다.138) 당신이 저승의 혼령이어서 우리가 서로 맺어질 수 없다는 것을 알면서도, 당신은 물속의 물고기처럼 나와 기꺼이 부부의 인연을 맺었습니다. 그러면서 당신은 나와 백년을 함께하자는 약속도 했습니다. 그런데 어찌하여 하룻밤 사이에, 나는 당신의 원통한 죽음을 뒤늦게 알고 애통해야 했더란 말입니까.139)

난새가 끄는 수레140)를 타고 다니는 달나라 속의 항아(姮娥)님이 되셨습니까, 아니면 무산(巫山)에서 비를 뿌리고 다니는 여신(女神)이 되셨습니까? 지하는 너무 어두워 찾아갈 수 없고, 하늘은 아득하여 바라볼 수조차 없습니다. 사당(祠堂)에 들어가 말을 건네고 싶어도 정신이 멍해져 할 말을 잊고, 밖으로 나가 찾아다니고 싶어도 찾아갈 곳이 막막합니다. 영혼을 모신 휘장을 보면 눈물부터 흐르고, 당신에게 술을 따라 올릴 때에는 마음이 먼저 아파옵니다. 당신의 목소리와 아리따운 그 모습이 벌써 희미해져 가는데, 당신의 그 낭랑한 말투는 아직도 생생하게 기억 속에 살아 있습니다.

아아, 정녕 슬프고 슬픕니다.

당신은 총명하고 지혜로우며, 따뜻하고 자상한 여인이셨습니다. 비록 생전의 삼혼(三魂)141)이 흩어졌다 한들 영혼이야 어찌 사라졌겠습니까. 하늘에 계시면 내려오시고, 땅 아래 계시다면 어서 묘정(墓庭)에 오르십시오.142)

비록 삶과 죽음이 다르다지만, 원하옵건대 이 글에 감응(感應)하시어 내 마음을 알아주시길 바랍니다.

장례를 마친 후에도 슬픔을 견디지 못한 양생은, 가진 집과 논밭을 모두 팔아서 여인을 위한 추천(追薦)143)의 법회를 열었다.

법회가 삼 일째 이어지던 날 홀연 공중에서 여인이 부르는 소리가 들려왔다.

"저는 낭군님 덕에 부처님과의 인연이 닿아[144] 다른 나라에서 남자의 몸으로 태어나게 되었습니다. 비록 저승에 멀리 떨어져 있지만 저를 생각하는 낭군님의 참된 사랑을 어찌 한시라도 잊었겠습니까.[145] 하오나 부디 당부하온데, 낭군님께서는 이제 그만 저를 잊으셔야 합니다. 저를 잊으시고 다시 정업(淨業)[146]을 쌓아 저와 함께 윤회(輪回)의 고통에서 벗어나시길 바랍니다."

여인의 간절한 목소리만 애처롭게 들려올 뿐 모습은 보이지 않았다.

이후 양생은 결혼을 하지 않은 채 지리산에 들어가 홀로 약초를 캐며 살았다고 한다. 그 밖의 이야기에 대해서는 전해진 것이 없다.

萬福寺 樗蒲記

南原有梁生者　早喪父母　未有妻室　獨居萬福寺之東.　房外有梨花一
株　方春盛開　如瓊樹銀堆　生每月夜　逡巡朗吟其下.　詩曰

一樹梨花伴寂廖　可憐辜負月明宵　靑年獨臥孤窓畔　何處玉人吹鳳簫.
翡翠孤飛不作雙.　鴛鴦失侶浴晴江　誰家有約敲碁子　夜卜燈花愁倚窓.

吟罷　忽空中有聲曰　君欲得好逑　何憂不遂　生心喜之.　明日卽三月
二十四日也　州俗燃燈於萬福寺祈福.　士女騈集　各呈其志.　日晚梵罷
人稀　生袖樗蒲　擲於佛前曰　吾今日　與佛欲鬪蒲戲　若我負　則設法
筵以賽　若不負　則得美女　以遂我願耳.　祝訖　遂擲之　生果勝.　卽於
佛前曰　業已定矣　不可誑矣.　遂隱於几下　以候其約.　俄而有一美姬
年可十五六　丫鬟淡飾　儀容婥妁　如仙姝天妃　望之儼然.　手携油瓶
添燈挿香　三拜而跪.　噫而歎曰　人生薄命　乃如此邪.　遂出懷中狀詞
獻於卓前.　其詞曰　某州某地居住　何氏某　竊以蠹者　邊方失禦　倭寇
來侵　干戈滿目　烽燧連年　焚蕩室廬　虜掠生民　東西奔竄　左右逋逃
親戚僮僕　各相亂離　妾以蒲柳弱質　不能遠逝　自入深閨　終守幽貞
不爲行露之沾　以避橫逆之禍　父母以女子守節不爽　避地僻處　僑居
草野　已三年矣　然而秋月春花　傷心虛度　野雲流水　無聊送日　幽居
在空谷　歎平生之薄命　獨宿度良宵　傷彩鸞之獨舞　日居月諸　魂銷魄
喪　夏夕冬宵　膽裂腸摧　獨宿度良宵　傷彩鸞之獨舞　惟願覺皇　曲垂

憐愍 生涯前定 業不可避 賦命有緣 早得歡娛 無任懇禱之至. 女旣
投狀 嗚咽數聲. 生於隙中 見其姿容 不能定情 突出而言曰 向者投
狀 爲何事也. 見女狀辭 喜溢於面 謂女子曰 子何如人也 獨來于此.
女曰 妾亦人也 夫何疑訝之有 君但得佳匹 不必問名姓 若是其顚倒
也. 時寺已頹落 居僧住於一隅 殿前只有廊廡 蕭然獨存 廊盡處 有
板房甚窄. 生挑女而入 女不之難 相與講歡 一如人間. 將及夜半 月
上東山 影入窓柯. 忽有跫音 女曰 誰耶 將非侍兒來耶. 兒曰 唯 向
日娘子 行不過中門 履不容數步 昨暮偶然而出 一何至於此極也.
女曰 今日之事 蓋非偶然 天之所助 佛之所佑 逢一粲者 以爲偕老
也 不告而娶 雖明敎之法典 式燕以遨 亦平生之奇遇也 可於茅舍
取裀席酒果來. 侍兒一如其命而往 設筵於庭 時將四更也. 鋪陳几案
素淡無文 而醪醴馨香 定非人間滋味. 生雖疑怪 談笑淸婉 儀貌舒
遲 意必貴家處子 踰墻而出 亦不之疑也. 觴進 命侍兒 歌以侑之.
謂生曰 兒定仍舊曲 請自製一章以侑 如何. 生欣然應之曰 諾. 乃製
滿江紅一闋 命侍兒歌之曰

惻惻春寒 羅衫薄 幾回腸斷 金鴨冷 晚山凝黛 暮雲張繖 錦帳鴦
衾無與伴 寶釵半倒吹龍管 可惜許 光陰易跳丸 中情懣 燈無焰
銀屏短 徒扢淚 誰從款喜今宵 鄒律一吹回暖 破我佳城千古恨 細
歌金縷傾銀椀 悔昔時 抱恨蹙眉兒 眠孤館.

歌竟 女愀然曰 曩者蓬島失 當時之約 今日瀟湘有 故人之逢 得非
天幸耶. 郎若不我遐棄 終奉巾櫛 如失我願 永隔雲泥. 生聞此言 一

感一驚日 敢不從命 然其態度不凡 生熟視所爲. 時月掛西峯 鷄鳴
荒村 寺鐘初擊 曙色將暝. 女日 兒可撤席而歸. 隨應隨滅 不知所之.
女日 因緣已定 可同携手. 生執女手 經過閭閻 犬吠於籬. 人行於路
而行人不知與女同歸 但日 生早歸何處. 生答日 適醉臥萬福寺 投
故友之村墟也. 至詰朝 女引至草莽間 零露瀼瀼 無逕路可遵. 生日
何居處之若此也. 女日 孀婦之居 固如此耳. 女又謔日 於邑行路 豈
不夙夜 謂行多露. 生乃謔之日 有狐綏綏 在彼淇梁 魯道有蕩 齊子
翺翔. 吟而笑傲 遂同去開寧洞, 蓬蒿蔽野 荊棘參天 有一屋 小而極
麗. 邀生俱入. 衾褥帳幃極整 如昨夜所陳. 留三日 歡若平生. 然其
侍兒美而不黠 器皿潔而不文 意非人世. 而繾綣意篤 不復思廬 已
而女謂生日 此地三日不下三年 君當還家以顧生業也. 遂設離宴以
別. 生悵然日 何遽別之速也. 女日 當再會 以盡平生之願爾 今日到
此弊居 必有夙緣 宜見鄰里族親 如何. 生日 諾. 卽命侍兒 報四鄰
以會.

其一日鄭氏. 其二日吳氏. 其三日金氏. 其四日柳氏. 皆貴家巨族.
而與女子 同閭閈親戚而處子者也. 性俱溫和 風韻不常 而又聰明識
字 能爲詩賦 皆作七言短篇四首以贐. 鄭氏態度風流 雲鬢掩鬢 乃
噫而吟日

春宵花月兩嬋娟 長把春愁不記年 自恨不能如比翼 雙雙相戲舞靑天
漆燈無焰夜如何 星斗初橫月半斜 惆悵幽宮人不到 翠衫撩亂鬢鬖髿
摽梅情約竟蹉跎 辜負春風事已過 枕上淚痕幾圓點 滿庭山雨打梨花.
一春心事已無聊 寂寞空山幾度宵 不見藍橋經過客 何年裴航遇雲翹.

吳氏 丫鬟妖弱 不勝情態 繼吟曰

寺裏燒香歸去來　金錢暗擲竟誰媒　春花秋月無窮恨　銷却樽前酒一盃.
溥溥曉露浥桃腮　幽谷春深蝶不來　却喜隣家銅鏡合　更歌新曲酌金疊.
年年燕子舞東風　腸斷春心事已空　羨却芙蕖猶拉蔕　夜深同浴一池中
一層樓在碧山中　連理枝頭花正紅　却恨人生不如樹　青年薄命淚凝瞳.

金氏 整其容儀 儼然染翰 責其前詩 淫佚太甚 而言曰 今日之事 不
必多言 但叙光景 胡乃陳懷 以失其節 傳鄙懷於人間. 遂郞然賦曰

杜鵑鳴了五更風　寥落星河已轉東　莫把玉簫重再弄　風情恐與俗人通.
滿酌烏程金叵羅　會須取醉莫辭多　明朝捲地東風惡　一段春光奈夢何.
綠紗衣袂懶來垂　絃管聲中酒百巵　淸興未闌歸未可　更將新語製新詞.
幾年塵土惹雲鬟　今日逢人一解顏　莫把高唐神境事　風流話柄落人間.

柳氏 淡粧素服 不甚華麗, 而法度有常 沈黙不言 微笑而題曰

確守幽貞經幾年　香魂玉骨掩重泉　春宵每與姮娥伴　叢桂花邊愛獨眠.
却笑春風桃李花　飄飄萬點落人家　平生莫把青蠅點　誤作崑山玉上瑕.
脂粉慵拈首似蓬　塵埋香匣綠生銅　今朝幸預鄰家宴　羞看冠花別樣紅.
娘娘今配白面郞　天定因緣契闊香　月老已傳琴瑟線　從今相待似鴻光.

女乃感柳氏終篇之語 出席而告曰 余亦粗知字畫 獨無語乎. 乃製近

體七言四韻 以賦曰

　　開寧洞裏抱春愁　花落花開感百憂　楚峽雲中君不見　湘江竹下泣盈眸
　　晴江日暖鴛鴦竝　碧落雲銷翡翠遊　好是同心雙縮結　莫將紈扇怨淸秋.

生亦能文者　見其詩法淸高　音韻鏗鏘　嘖嘖不已. 卽於席前　走書古
風長短篇一章　以答曰

今夕何夕　見此仙姝　花顔何婥妁　絳脣似櫻珠　風騷尤巧妙　易安當含
糊　織女投機下天津　嫦娥抛杵離淸都　靚粧照此玳瑁筵　羽觴交飛淸
讌娛　䰙雨尤雲雖未慣　淺斟低唱相怡愉　自喜誤入蓬萊島　對此仙府
風流徒　瑤漿瓊液溢芳樽　瑞腦霧噴金猊爐　白玉牀前香屑飛　微風撼
波靑紗廚　眞人會我合卺巵　綵雲冉冉相縈紆　君不見　文蕭遇彩鸞
張碩逢杜蘭　人生相合定有緣　會須擧白相闌珊　娘子何爲出輕言　道
我掩棄秋風紈　世世生生爲配耦　花前月下相盤桓.

酒盡相別　女出銀椀一具　以贈生曰　明日　父母飯我于寶蓮寺　若不遺
我　請遲于路上　同歸梵宇　同覲我父母　如何. 生曰　諾. 生如其言　執
椀待于路上　果見巨室右族　薦女子之大祥車馬騈闐上于寶蓮. 見路
傍　有一書生　執椀而立　從者曰　娘子殉葬之物　已爲他人所偸矣. 主
曰　如何. 從者曰　此生所執之椀. 遂聚馬以問. 生如其前約以對. 父
母感訝良久曰　吾止有一女子　當寇賊傷亂之時　死於干戈　不能窆窆
殯于開寧寺之間　因循不葬　以至于今　今日大祥已至　暫設齋筵　以追

冥路 君如其約 請竢女子以來 願勿愕也. 言訖先歸 生佇立以待. 及
期 果一女子從侍婢 腰裊而來 卽其女也. 相喜携手而歸. 女入門禮
佛 投于素帳之內. 親戚寺僧 皆不之信 唯生獨見. 女謂生曰 可同茶
飯. 生以其言 告于父母. 父母試驗之 遂命同飯. 唯聞匙筋聲 一如人
間. 父母於是驚歎 遂勸生 同宿帳側. 中夜言語琅琅 人欲細聽驟止.
其言曰, 妾之犯律 自知甚明 少讀詩書 粗知禮義 非不諳裹裳之可
愧 相鼠之可柧 然而久處蓬蒿 抛棄原野 風情一發 終不能戒 曩者
梵宮祈福 佛殿燒香 自嘆一生之薄命 忽遇三世之因緣 擬欲荊釵椎
䯻 奉高節於百年 羃酒縫裳 修婦道於一生. 自恨業不可避 冥道當
然, 歡娛未極 哀別遽至 今則步蓮入屛 阿香輾車 雲雨霽於陽臺 烏
鵲散於天津 從此一別 後會難期. 臨別凄惶 不知所云. 送魂之時 哭
聲不絕. 至于門外 但隱隱有聲曰 冥數有限 慘然將別 願我良人 無
或疎闊 哀哀父母 不我匹兮 漠漠九原 心糾結兮. 餘聲漸滅 嗚咽不
分. 父母已知其實 不復疑問. 生亦知其爲鬼 尤增傷感 與父母聚頭
而泣. 父母謂生曰 銀椀任君所用 但女子 有田數頃 蒼赤數人 君當
以此爲信 勿忘吾女子. 翌日 設牲牢朋酒 以尋前迹 果一殯葬處也.
生設奠哀慟 焚楮錢于前 遂葬焉. 作文以弔之曰

惟靈 生而溫麗 長而淸淳 儀容侔於西施 詩賦高於淑眞 不出香閨
之內 常聽鯉庭之箴 逢亂離而璧完 遇寇賊而珠沈 托蓬蒿而獨處
對花月而傷心 腸斷春風 哀杜鵑之啼血 膽裂秋霜 歎紈扇之無緣
嚮者 一夜邂逅 心緖纏綿 雖識幽冥之相隔 實盡魚水之同歡 將謂
百年以偕老 豈期一夕而悲酸 月窟驂鸞之姝巫山行雨之娘 地黯

黯而莫歸　天漠漠而難望　入不言兮恍惚　出不逝兮蒼茫　對靈幃而掩泣　酌瓊漿而增傷　感音容之窈窈　想言語之琅琅　嗚虖哀哉　爾性聰慧爾氣精詳　三魂縱散　一靈何亡　應降臨而陟庭　或薰蒿而在傍雖死生之有異　庶有感於些章.

後極其情哀　盡賣田舍　連薦再三夕　女於空中唱曰　蒙君薦拔　已於他國　爲男子矣　雖隔幽冥　寔深感佩　君當復修淨業　同脫輪回.
生後不復婚嫁　入智異山採藥　不知所終.

★★ ────────

1) 전라북도 남원시 왕정동 기린산(麒麟山)에 있었던 고려시대 절.

2) 창반(窓畔) : 창을 등지다. <반(畔)>은 여기에서 '위배(違背)' 또는
   '반(叛)'으로 쓰였다. 2구의 <고부(辜負)>가 그럴 수밖에 없는 처지
   로 하는 타의에서라면, 3구의 <반(畔)>은 스스로 하는 행위다.

3) 옥인(玉人) : 아름다운 사람. 여기에서는 농옥(弄玉)을 가리킨다. <봉
   소(鳳簫)>는 악기의 이름이 아니라 봉(鳳)을 부르는 퉁소(簫)의 가락
   이다. 『열선전(列仙傳)』에 <소사가 퉁소로 봉새의 소리를 잘 내었다.
   후에 농옥과 함께 봉새를 타고 떠났다. 그 때문에 사람들이 봉을 부
   르는 퉁소 소리라 했다(蕭史善吹簫作鳳鳴 後與弄玉隨鳳飛去 故曰鳳
   簫)>고 나온다. 봉(鳳)은 수컷, 황(凰)은 암컷이다.
   　　4구 <何處玉人吹鳳簫하처옥인취봉소>는, 두목(杜牧)의 시 『기양주
   한작판관(寄揚州韓綽判官)』에 나오는 <소사(蕭史)는 바로 이곳이 아
   닌 어디에서 농옥에게 퉁소를 가르치는가(玉人何處敎吹簫)>에서 나
   왔다.
   　　『동주열국지(東周列國誌)』의 '소사와 농옥'의 이야기
   춘추시대 진(秦)의 목공(穆公)에게 딸이 있는데 옥(玉)을 가지고 놀
   기를 좋아하여 이름을 농옥(弄玉)이라 했다. 자라며 생황(笙簧)을 배
   웠는데 누가 가르치지 않아도 날로 실력이 향상되어 따를 자가 없었
   다. 목공이 그러한 딸을 사랑하여 옥으로 생황을 만들어 주고 또 정
   자를 지어 주었다. 농옥은 이곳에서 더욱 열심히 생황을 연주하여
   마침내 봉새의 울음을 낼 수 있는 경지에 올랐다. 그 때문에 사람들
   이 정자를 '봉정(鳳亭)'이라 했고, 그 옆의 언덕을 '봉대(鳳臺)'라 불
   렀다. 열다섯이 되었을 때 목공이 시집을 보내려 했으나 농옥은 완
   강히 거부하며 '생황 실력이 자신과 견줄 자가 아니면 안 된다'고 우
   겼다. 어느 날 농옥이 봉대에 있을 때 홀연히 공중에서 사내가 나타
   나 퉁소를 부는데, 음률이 뛰어나고 곡조가 아름다워 단번에 반해

버렸다. 사내는 떠나며 태화산에 산다고 했다. 목공이 그 말을 듣고 사람을 보내 사내를 데려와 농옥과 결혼을 시켰다. 사내의 이름은 소사(蕭史)였다. 소사는 신선인데 퉁소로 봉황의 울음소리를 낼 정도의 고수였다. 농옥이 퉁소를 배우고 싶어 하자 소사가 가르쳤다. 그러기를 수십 년이 되어서야 농옥이 봉새의 울음을 낼 수 있었다. 그런데 농옥이 퉁소를 불어 봉새 소리를 내자 정말로 봉새가 날아들었다. 그러자 농옥은 봉새를 타고, 소사는 용을 타고 함께 하늘로 날아 올라 자취를 감추었다. 이후 둘은 화산(華山)의 중봉(中峰)에서 신선이 되어 지냈다.

4) 청강(晴江) : 날이 맑게 갠 날의 강. 즉 맑은 날의 강 풍경을 가리키는 말이다.

5) 수가유약고기자(誰家有約敲碁子) : 송(宋)의 조사수(趙師秀)가 지은 시 『약객(約客)』에서 나왔다.

매실 익어가는 계절에 마을의 집집에 비가 내리고/ 풀숲 우거진 연못마다 개구리 울음을 우네/ 밤 깊도록 약속한 손님 찾아오지 않아/ 홀로 바둑알 놓다보니 어느새 등잔에 등화가 맺히네.(黃梅時節 家家雨 靑草池塘處處蛙 有約不來過夜半 閑敲碁子落燈花)

<유약(有約)>은, '하늘로부터 정해진 배필'을 상징한다. 즉 손님은 짝을 가리킨다. <고기자(敲碁子)>는, 김시습의 시 『제기국(題棋局) 증주인지사약객(贈主人之舍約客)』에 나오는 '인생 백년은 한 판 바둑과 같다(百年一棋局)'에서처럼 '인생'을 상징한다.

6) 야복등화(夜卜燈花) : 밤에 등잔을 켜 놓았다가 꺼질 때, 심지의 끝을 살펴 등화의 크기와 모양을 보고 점을 치는 것을 말한다. 등화(燈花) : 등잔의 심지가 타다가 꺼졌을 때 그 심지 끝이 딱딱하게 굳어 뭉치는데 이때 그 형상이 마치 꽃과 같이 생긴 것만을 '등화'라 한다. 『유신(庾信)·대촉부(對燭賦)』에 "등화가 맺히면 돈이 생긴다 했

으며(登花今得錢) 또 등화가 크고 높게 맺히면 돈과 재물을 얻는다
(登花窜錢財)”고 했다. 『본초(本草)·등화(燈花)』에는 “등화가 크게
뭉쳐 벌어져 있으면 좋은 일이 생길 조짐(燈花爆而爲喜事之兆)”이라
고 했다.

7) 저포(樗蒲)놀이 : 주사위나 윷가락 등을 던져 노는 놀이의 총칭.

8) 법연(法筵) : 불교의 교리(敎理)를 강의하는 자리. 새(賽) : 필(畢) 또
는 료(了)로 쓰여, ‘끝내다’, ‘마치다’의 뜻이다.

9) 아환(丫鬟) : 사양머리. 새앙머리. 양반집 미혼녀가 예복을 입을 때
하는 머리모양. 머리를 뒤쪽으로 두 가닥 땋아 내리고 나서 다시 밑에
서부터 목 뒤까지 적당한 길이로 접어 올린 후, 두 가닥을 합쳐 함께
묶고 나서 댕기를 드리우는 형식. 궁중의 일부 나인들도 이러한 머리
를 하고 다녔다.

10) 장사(狀詞) : 소송에 관련된 용어로 소장(訴狀)과 같이 쓴다. 여기서
는 청원(請願)의 뜻으로 쓰였다.

11) 불단 : 사찰의 법당에 설치하여 불상을 모셔놓는 단.

12) 하씨(何氏) : 성씨를 말한다. 하씨(何氏)는 원래 중국 한(韓)나라 왕
족의 성씨인 ‘한(韓)’이었는데 진시황에게 망한 후 망명하여 ‘하
(何)’로 바꾸었다고 한다.

13) 포유약질(蒲柳弱質) : 포유(蒲柳)는 갯버들이다. 가을에 잎이 빨리
떨어진다 하여 ‘태생적으로 몸이 허약한 것’에 비유한다.

14) 규방(閨房) : 부녀자들이 지내는 방.

15) 행로지첨(行露之沾) : 『시경(詩經)·소남(召南)·행로(行路)』에 나왔
다. 길가에 이슬이 촉촉이 내렸다네요, 밤낮으로 나다니는 길이지

만, 가는 길에 이슬이 많다 해서 못가겠네요(厭浥行露, 豈不夙夜, 謂行多露)/ 누가 참새에 부리가 없다 했나요, 그럼 어떻게 우리 집 지붕에 구멍을 냈겠어요, 누가 당신의 청혼을 받아들이지 않았다고 했나요, 그 때문에 나를 옥에 가두려는 게 아니겠어요, 비록 내가 당장 옥에 갈지라도, 당신은 혼사에 대해 예의가 없는 사람이라오(誰謂雀無角 何以穿我屋 誰謂女無家 何以速我獄 雖速我獄 室家不足)/ 누가 쥐에 이빨이 없다 했나요, 그러면 어떻게 우리 집 담을 뚫었겠어요, 누가 당신의 청혼을 받아들이지 않았다고 했나요, 그 때문에 나를 옥에 가두려는 게 아니겠어요, 비록 내가 당장 옥에 갈지라도, 나는 결코 그대를 따르지 않을 거라오(誰謂鼠無牙 何以穿我墉 誰謂女無家 何以速我訟 雖速我訟 亦不女從).
'행로장(行路章)'은 난폭한 남자가 정숙한 여자를 함부로 침범하지 못한다는 내용인데, '위행다로(謂行多露)'는 '이슬에 발을 적시기 싫다'는 뜻으로, 남자의 요구를 거절하는 핑계의 말이다.

16) 유정(幽貞) : 여자가 자신의 정조를 굳게 지키다(謂保其貞操守).

17) 삼년(三年) : 뒤에 대상(大喪)을 치른다는 말이 나오므로, 만 2년의 기간이 다 되어간다는 말이다.

18) 추월춘화(秋月春花) : 좋은 시절을 뜻한다. 『금고기관(今古奇觀)』에 들어 있는 『소소소혼단서령교(蘇小小魂斷西泠橋)』에 나오는 <강변 버드나무 길에서 꾀꼬리가 제비를 초청하노라/ 풍류를 아는 이들이여 서호(西湖)로 오라/ 봄에 꽃 피고 가을 달이 밝을 때 서로 오가며 어울려보자꾸나/ 내 집은 서령교에 있고, 성씨는 소(蘇)가라 하네(燕引鶯招柳夾途 章台直接到西湖 春花秋月如相訪 家住西泠妾姓蘇)>에서 나왔다. 즉 남녀가 만나 서로 어울려 놀기에 좋은 날을 뜻한다. 위 시는, 소소가 기생이 되기로 마음을 정한 다음 풍류남아들이 많이 모인 자리에 수레를 타고 지나며 읊은 것이다.

남제(南齊) 때 전당(錢塘) 고을에 아버지를 모르는 기생의 딸 소
소소(蘇小小)가 살았다. 어려서 어머니를 여의고 이모 밑에서 자랐
는데 작은 몸에 얼굴이 아주 예뻤으며 시를 잘 지었다. 그녀 또한
가난 때문에 기생이 되었다. 하루는 지나가는 청년 완울(阮鬱)에게
반하여 서로 사랑하게 되었는데, 완울은 당시 재상의 아들로 유람
하던 중이었다. 둘은 함께 지내며 자주 단혼교(斷魂橋)와 서호 일대
를 돌아다녔다. 완울은 청종마(青鬃馬)를 타고 소소는 유벽거(油壁
車)를 타고 다니며 꿈같은 시간을 보내다가, 결국 완울 집안의 반
대로 헤어지게 된다. 이후 소소는 그리움에 병들었는데, 새로 부임
한 관리의 강압 등을 거부하며 외로이 지내다가 병을 이기지 못하
여 죽고 만다. 소소의 장례를 치르는 동안 앞서 소소가 도움을 주
었던 가난한 청년 포인(鮑仁)이 활주자사(滑州刺史)가 되어 은혜를
갚기 위해 찾아온다. 그러나 소소가 죽었다는 말을 듣고 통곡하며
스스로 장례를 주관하여 서령교 옆에다 무덤을 만들고 비석까지
세워 준다. 후에 당의 귀재(鬼才)라 부르는 이하(李賀)가 소소의 무
덤에 찾아와 애도의 시를 읊었다.
청종마(青鬃馬) : 갈기가 푸른 말. 유벽거(油壁車) : 기름칠 한 포장
을 두른 수레.

19) 야운유수(野雲流水) 무료송일(無聊送日) : 위에 나오는 <남녀의 사
    귐은 뜬구름과 같고/ 사랑의 기쁨은 흐르는 물처럼 덧없다(交際似
    浮雲/ 歡情如流水)>에서 나왔다. 즉 남녀의 만남과 사랑을 가리키
    는데, 그렇듯 부질없는 사랑도 해보지 못한 채 세월만 보내는 것을
    한탄하는 말이다.

20) 박명(薄命) : 여인는 단명(短命)의 뜻으로 쓰고, 뒤에 양생은 박복
    (薄福)의 뜻으로 읽는다.

21) 채란독무(彩鸞獨舞) : '난(鸞)'은 말에 달린 방울이다. 여기에서는

소소소의 수레를 끄는 말에 달린 방울을 가리킨다. 부부를 다른 말로 '난봉(鸞鳳)'이라 하는데, 남편은 봉(鳳)이고 아내는 난(鸞)이다. 난새는 오색을 가미한 붉은빛을 띠고 있다 하여 '채란(彩鸞)'이라고도 한다. '독무(獨舞)'는 연인이 떠나고 홀로 남아 지내다가 죽어 귀신이 된 후, 과거에 연인과 함께 다니던 단혼교(斷魂橋)에 수레를 타고 나타나는 것을 가리킨다. 즉 홀로된 소소소의 수레에서 나는 방울소리다. 후에 이 말은, 이별한 여인의 아픔을 뜻하는 말로 쓰이고 있다.

22) 각황(覺皇) : '깨달은 이' 중에서도 으뜸이라 하여, 곧 부처님을 이르는 말로 쓴다.

23) 곡수(曲垂) : 군주나 윗사람에게 은혜를 베풀어 주길 바라는 뜻에서 쓰는 공경의 말. 즉 부처님의 자비가 내리길 원한다는 말.

24) 업보(業報) : 불교 용어로, 생전에 행한 착한 일과 악한 일을 따져 상과 벌을 받는 것.

25) 낭무(廊廡) : 궁궐의 정전(正殿)이나 법당(法堂) 아래에 동과 서로 나뉘어 지은 건물.

26) 찬자(粲者) : 아름다운 여인. 보통 남자가 여자(아내)를 가리켜 쓰는 말. 여기에서는 훌륭한 남편을 가리키는 말로 쓰였다.

27) 해로(偕老) : 부부가 함께 살며 함께 늙어가는 것.

28) 사경(四更) : 경(更)은 밤의 시간을 말한다. 즉 해가 질 때를 시점으로 하여 해가 질 때까지의 시간. 계절에 따하 시간의 길이가 다르다. 이 경을 다섯으로 나누어 구분한 것이 초경, 이경, 삼경, 사경, 오경이다. 계절에 따라 별자리의 위치로 시간을 알았다.

29) 권주가(勸酒歌) : 술자리에서 상대에게 술을 권하며 흥을 돋우기 위

해 부르는 노래.

30) 구곡(舊曲) : 여기에서는 사패(詞牌)를 가리킨다. 사(詞)는 본래 노래를 부르기 위해 지은 시(詩) 형식의 가사를 말한다. 옛날에는 곡조가 먼저 나오고 그 곡조에 가사를 붙여 노래를 부르는 경우가 많았다. 가사는 '아리랑'처럼 원 곡조에 따라 누구나 바꾸어 부를 수 있는데, 이때 원래의 곡조를 가리켜 사패라 한다. 즉 여인이 기존의 '만강홍' 악보에 새로운 가사를 지어 보겠다는 말이다.

31) 결(関) : 노래 한 곡. 한 곡이 끝남을 이르는 말, 또는 한 곡의 가사 가운데 한 부분을 가리키는 말.

32) 만강홍(滿江紅) : 남송(南宋)의 명장 악비(岳飛 1103~1141)가 지은 가사라고 전하나 이견이 많다.

『만강홍』

화난 머리카락 곤두서 관모를 찌르는데, 난간에 기대어 서니, 세찬 비바람이 그친다(怒髮衝冠 憑欄處 瀟瀟雨歇)/ 눈을 치켜뜨고, 하늘을 향해 울부짖으니, 비장한 각오 격렬하게 끓어오른다(擡望眼 仰天長嘯 壯懷激烈)/ 삼십년 쌓은 명성이 먼지처럼 사라지고, 팔천 리 싸움터를 누빈 공적은 달과 구름처럼 사라졌다(三十功名塵與土 八千里路雲和月)/ 한순간도 쉼 없이 달려왔건만, 젊은 날이 가고 머리에 백발이 들어서니, 공허한 마음에 비참함만 가득하다(莫等閒 白了少年頭 空悲切)/ 정강(靖康)의 치욕, 아직 갚지 못하였으니(靖康恥 猶未雪)/ 신하로서의 맺힌 한, 어느 때 씻을 수 있을까(臣子恨 何時滅)/ 수레 몰고 먼 길 달려가서, 적의 하란산을 깨부수리(駕長車 踏破賀蘭山缺)/ 배고프면 오랑캐의 살을 씹고, 목마르면 흉노의 피를 마시며 웃고 떠드리라(壯志飢餐胡虜肉 笑談渴飲匈奴血)/ 반드시 선봉에 나서, 빼앗긴 옛 땅을 되찾은 후, 그때 황제를 뵈오리라(待從頭 收拾舊山河 朝天闕).

만강홍은 ‘물개구리밥’의 다른 이름인데, 붉은 잎이 겨울철이 되
면 더욱 짙어져 주변의 물빛을 온통 붉게 한다는 것에서 유래하였
다. 충성심을 뜻하는 말로 쓰인다.

33) 금압(金鴨) : 금속을 재료로 하여 만든 오리 모양의 향로.

34) 봉생용관(鳳笙龍管) : 봉황이 조각된 생황과 용이 조각된 피리. 서
로 화음이 잘 맞아 화목한 부부를 뜻하는 말로 쓰인다. 여기에서는
짝을 부르는 처량한 피리소리를 뜻한다. 보채반도(寶釵半倒) : 피리
를 불 때 고개를 옆으로 기울이기 때문에 머리에 꽂은 금비녀(寶
釵)가 옆으로 기울어진 것처럼 보인다는 말이다.

35) 은병{銀屛) : 은을 새겨 장식한 병풍. 부부의 침실에 주로 사용하는
병풍으로, 금장(錦帳)과 함께 쓰인다.

36) 도문루(徒抆淚) : 천리대본에는 ‘문(抆)’이 <抆>으로 보이고, 윤춘
년(尹春年) 본에는 <抆>으로 되어 있다. 여기에서는 ‘흐르는 눈물
을 닦아내다(擊涕抆淚내체문루)’로 쓰여 <抆>으로 보아야 한다.

37) 추연(鄒衍) : 전국시대(戰國時代)의 사상가로 여러 나라를 돌며 음
양오행설을 주장하였다. 여기에서는 『논형(論衡)・한온편(寒溫篇)』
에 나오는 <연(燕)나라에 한곡(寒谷)이란 추운 지방이 있는데 곡식
이 자라지 못했다. 추연이 이곳에 와서 피리를 부니 기후가 따뜻하
게 바뀌어 곡식을 심을 수 있게 되었다(燕有寒谷 不生五穀 鄒衍吹
律 寒谷可種)>는 말을 가리킨다.

38) 가성(佳城) : 아름다운 성. 여기에서는 무덤을 달리 부르는 말로 쓰
였다.

39) 금루곡(金縷曲) : 당(唐)나라 때 성행하던 곡조. ‘금루의(金縷衣)’라
고도 한다.

두추랑(杜秋娘)의 시

그대 입고 있는 금빛 옷을 아끼지 마오/ 그대 청춘을 아껴야지/ 피어난 꽃을 꺾고 싶으면 생각날 때 꺾어야지/ 꽃이 지고 나면 빈 가지만 남는다오(勸君莫惜金縷衣 勸君惜取少年時 花開堪折直須折 莫待無花空折枝)

40) 축미아(蹙眉兒) : 춘추시대(春秋時代) 월(越)나라의 미녀인 서시(西施)를 가리킨다. 서시는 패망한 월나라를 위해 오(吳)나라 왕인 부차(夫差)에게 보내진 후, 미모를 무기로 오나라를 망하게 했다. 축미(蹙眉)는, 눈썹을 찡그리는 것이다. 서시가 가슴 통증으로 눈을 자주 찌푸렸는데 그 모습이 너무 아름다워 많은 여인들이 흉내를 내었다고 한다. 서시의 가슴이 아픈 것은, 오나라에 멸망당한 조국인 월나라를 그리워했기 때문이란 말이 있다.

41) 관왜(館娃) : 오의 부차가 서시를 위해 내어준 궁의 이름. 소주(蘇州) 연석산(硯石山)에 있다.

42) 봉도(蓬島) : 신선세계에 있다는 삼신산 중의 하나인 봉래산(蓬萊山)을 달리 부르는 말. 그곳 생활이 신선놀음이라 '봉도춘풍(蓬島春風)·봉도춘도(蓬島春到)·봉도장춘(蓬島長春)'과 같이 현생에서 장수하며 행복하게 사는 것을 비유하는 말로 쓰인다. 또 '봉도귀선가(蓬島歸仙駕)' 등으로 여인이 이승을 떠날 때 쓰는 애사(哀詞)에 활용되기도 한다.

43) 약(約) : 삼생약(三生約)에서처럼, '인연'을 뜻하는 말로 쓰였다. 여인의 말은, 혼령의 입장에서 삼생의 인연에 대한 자기 생각을 말한 것이다. 전생(前生) － 曩者蓬島失 當時之約 현생(現生) － 今日瀟湘有故人之逢 得非天幸耶 내생(來生) － 郎若不我退棄 終奉巾櫛 如失我願 永隔雲泥.

44) 소상유(瀟湘有) 고인지봉(故人之逢) : 위·진남북조(魏晉南北朝) 시
대의 양(梁)나라 유운(柳惲)이 지은 『강남곡(江南曲)』에서 나왔다.
모래섬에서 마름을 따느라/ 강남의 봄날이 저무네./ 동정호 뱃길로
돌아온 사람이/ 소상(瀟湘)에서 옛 사람을 만났다 하네요./ 옛 사람
은 어찌 돌아오지 않는다나요?/ 화려한 봄도 때가 되면 시드는데./
(그 인간) 새로운 사랑에 빠져 즐겁다 하지 않고/ 돌아갈 길이 너무
멀다고만 했다네요.(汀洲採白蘋/ 日落江南春/ 洞庭有歸客/ 瀟湘逢故
人/ 故人何不返/ 春華復應晩/ 不道新知樂/ 只言行路遠)
고인(故人) : 집 나간 지 하도 오래된 남편이라, 지친 아내의 입에
서 저절로 '옛 사람'이란 말이 나왔다고 한다.

45) 건즐(巾櫛) : 수건과 빗. 세수 후에 얼굴을 닦고 다듬는 것을 뜻함.
여기에서는 '건즐지대(巾櫛之侍)'로 쓰여, 수건과 빗을 들고 옆에서
기다리듯 성실한 아내가 되겠다는 뜻.

46) 운니(雲泥) : 하늘의 구름과 물속의 진흙처럼, 그 신분이나 거리 등
의 차이가 심한 것을 이르는 말.

47) 수응수멸(隨應隨滅) : 여기에서 '응멸(應滅)'은, '받아들이거나 안
받아들이거나'를 뜻한다.

48) 생집여수(生執女手) : '여인의 손을 잡다'로 풀이하기보다는 '여인
의 생각[手]에 따르다[執]'로 해야 옳을 것 같다.

49) 상부(孀婦) : 청상과부(靑孀寡婦). 남편이 죽어 혼자 사는 젊은 여
인.

50) 여인이 읊은 시는 앞에 나오는 『시경·소남·행로』의 한 구절인데,
앞부분인 <염읍행로(厭浥行露)>를 일부러 <어읍행로(於邑行路)>로
바꾸어 농담을 하였다.

51) 양생이 읊은 앞부분은『시경·위풍(衛風)·유호(有狐)』에서 나왔다. 전쟁으로 인해 결혼 적령기를 놓친 여인 또는 남편이 전사한 과부가 남자를 구하려고 밖에 나서지만 모두가 가난하여 갖출 의복조차 없는 것을 풍자한 노래라 한다.

　여우가 어슬렁거리며, 기수의 돌다리 위를 서성이네, 걱정하는 것은, 행여 그 사람 차려입을 바지나 있을까(有狐綏綏 在彼淇梁 心之憂矣 之子無裳)/ 여우가 어슬렁거리며, 기수의 물가 언덕을 서성이네, 걱정하는 것은, 행여 그 사람 허리에 두를 장식이나 있을지(有狐綏綏 在彼淇厲 心之憂矣 之子無帶)/ 여우가 어슬렁거리며, 기수의 물가에서 서성이네, 걱정하는 것은, 행여 그 사람 입을 옷이나 제대로 있는지(有狐綏綏 在彼淇側 心之憂矣 之子無服).

52) 뒤의 시는『시경·제풍(齊風)·재구(載驅)』에서 나왔다. 이 노래는, 노(魯)나라 환공(桓公)에게 시집간 제나라 문강(文姜)이 이복오빠인 제나라 양공(襄公)과 밀회를 즐기려 친정에 들락거리는 것을 읊었다. 그런데 양공과 문강은 남을 의식하지 않고 자신들의 불륜을 세상에 드러내고 있다는 내용이다.

　수레 타고 달그락거리며 오는데, 대발 가리개에 붉은 가죽을 장식했네, 노나라 오가는 길 평탄한데, 제나라 공주는 새벽에 바삐 떠나왔다네(載驅薄薄 簟茀朱鞹 魯道有蕩 齊子發夕)/ 멋진 네 마리 검정말, 늘어진 고삐 찰랑거리고, 노나라 오가는 길 평탄한데, 제나라 공주는 마냥 즐거워하네(四驪濟濟 垂轡濔濔 魯道有蕩 齊子豈弟)/ 문강(汶江)의 물은 넘실넘실, 길가의 사람들은 웅성웅성, 노나라 오가는 길 평탄한데, 제나라 공주 제멋대로 날뛰며 오네(汶水湯湯 行人彭彭 魯道有蕩 齊子翶翔)/ 문강(汶江)의 물은 출렁출렁, 길가에 사람들 벅적벅적, 노나라 오가는 길 평탄한데, 제나라 공주 버젓이 노닐듯 찾아오네(汶水滔滔 行人儦儦 魯道有蕩 齊子遊敖).
翶翔고상 : ‘고(翶)’는, 새가 날면서 날개를 위아래로 흔드는 것.

‘상(翔)’은, 날개를 움직이지 않고 날아가는 것. 뜻이 옮겨, ‘자신의 뜻을 다 얻은 듯이 방자하게 행동하다’ 또는 ‘제멋대로 날뛰다’로 쓰인다.

53) 다북쑥 : 국화과에 속하는 여러해살이풀인 쑥의 총칭

54) 숙연(宿緣) : 전생으로부터 맺어진 인연

55) 시부(詩賦) : 시(詩)와 부(賦)를 아울러 이르는 말. 부(賦)는 『시경 (詩經)』에서 이르는 시의 육의(六義) 가운데 하나. 사물이나 그에 대한 감상을, 비유를 쓰지 아니하고 직접 서술하는 작법이다. 또는 한문체에서, 글귀 끝에 운을 달고 흔히 대(對)를 맞추어 짓는 글을 말한다.

56) 절구(絶句, 칠언절구) : 중국 시의 한 체(體). 4구로 이루어지는 최 소의 시체이며, 한 구의 자수가 5자인 오언(五言)절구와 7자인 칠 언절구 두 종류가 있다.

57) 엄빈(掩鬢) : 비녀

58) 비익(比翼) : 어깨를 맞대고 날아감. 비익조(比翼鳥) : 상상의 새로, 암수가 각각 하나의 날개밖에 없어 몸을 맞대어야 비로소 날 수 있 음. 뜻이 옮겨, 사이좋은 부부를 가리킨다.

59) 칠등(漆燈) : 옻칠을 한 등잔. 여기에서는 속뜻으로 ‘무덤 속을 밝히 는 등(燈)’을 가리킨다. 『강남야사(江南野史)』의 심빈(沈彬) 이야기 에서 나왔다. 당나라 때 심빈이란 사람이 살았는데 마을 부근에 크 게 자란 나무가 있었다. 평소 자식들에게 말하기를, 자신이 죽으면 그 나무 밑에 묻어 달라고 했다. 그가 죽자 생전에 말한 곳에다 묘 를 쓰려고 땅을 파보니 이미 오래된 무덤 자리였다. 무덤 속에는 옻칠을 한 등잔이 하나 놓여 있었다. 그리고 위쪽에 놓인 동판(銅

版)에 <무덤이 만들어졌으나 아무도 매장하지 않았다. 칠등이 타오르지 않은 것은 심빈을 기다리기 때문이다>라는 글씨가 쓰여 있었다. 이후 사람들이 칠등(漆燈)을 가리켜 무덤 속을 밝혀주는 등잔이라고 한다.

60) 표매(摽梅) :『시경・소남・표유매(摽有梅)』에 나옴. 남녀의 혼인이 이루어지는 시기는 매실이 익어갈 때가 가장 좋은데, 그 시기를 놓쳐 매실이 다 떨어지고 나면 쉽게 혼인이 이루어지기 않는다는 내용이다.
매실을 따는데, 일곱 개가 남았네, 나에게 장가들기 원하는 사람이여, 좋은 기회를 놓치지 마시길(摽有梅 其實七兮 求我庶士 迨其吉兮)/ 매실을 따는데, 세 개가 남았네, 나에게 장가들기 원하는 사람이여, 서둘러 이때를 놓치지 마시길(摽有梅 其實三兮 求我庶士 迨其今兮)/ 매실을 다 따서, 대바구니에 담고 있네, 나에게 장가들기 원하는 사람이여, 말이 나왔을 때 어서 서두르시라(摽有梅 頃筐塈之 求我庶士 迨其謂之).

61) 산정(山庭) : 산중에 있는 평지로 마치 넓은 정원과 같은 분위기를 느끼게 하는 곳. 또는 산에다 집을 짓고 만든 정원. 여기에서는 속뜻으로 묘지를 가리킨다.

62) 우타이화(雨打梨花) : 배꽃에 떨어지는 빗소리. 그 소리가 비참하고 고통스러운 감정을 불러일으킨다(声情凄苦)하여, 홀로 지내는 여인의 한(恨)을 표현할 때 자주 쓰인다.
이 세 번째 시의 3구와 4구는, 김시습보다 35년 늦게 태어난 명나라의 당인(唐寅 1470~1523)이 지은 『일전매(一剪梅)』에 그 심정이 잘 표현되어 있다. 배꽃에 떨어지는 빗소리에 규방의 문을 닫아 걸었네, 청춘이 끝나 가는가, 청춘이 이렇게 헛되이 흘러가는가(雨打梨花深閉門 忘了青春 誤了青春)/ 좋은 경치 즐거운 일을 누구와 함께하며 나눠야 하나, 꽃나무 아래 넋이 흩어지네, 달빛 아래 내 넋이 흩어져 사라지네(賞心樂事共誰論 花下銷魂 月下銷魂)/ 시름에 겨워 온종일 눈찌푸리다가, 천 점의 눈물자국, 만 점의 눈물자국 뿌렸네(愁聚眉峰尽日顰 千点啼痕 萬点啼痕)/ 새벽엔 새벽 하늘빛이 되었다가 저녁엔 저녁 하늘빛이 되곤 하네, 돌아다녀도 님 생각, 앉아도 님 생각만 나네(曉看天色暮看云 行也思君 坐也思君).

63) 남교(藍橋) : 중국 협서성 남전현에 있는 지명.

　『태평광기(太平廣記)』에 나오는 배항(裴航)의 이야기

　당나라 때 배항이란 청년이 운교(雲翹) 부인을 만났는데, 운교부인이 남교의 신선굴에 가면 좋은 인연을 만날 수 있다는 말을 해준다. 그 말을 믿고 남교를 찾아간 배항이 마침내 운영(雲英)이란 선녀를 만나 인연을 맺었다 한다.

64) 금전복(金錢卜) : 동전을 던져 운세를 알아보는 점. 당(唐)의 우곡(于鵠)이 지은 『강남곡(江南曲)』에 나온다.

　강가를 따라가며 마름 따다가/ 여인들을 따라 강신제(江神祭)에 갔네/ 사람이 많아 감히 소리 내어 빌지 못하고/ 남 몰래 동전 던져 먼 곳에 있는 님에 대해 점을 쳐보았네.(偶向江邊探白蘋 還隨女伴 賽江神 眾中不敢分明語 暗擲金錢卜遠人)

척전(擲錢) : 동전을 던져서 점을 치는 일. 점술에서 쓰는 저초(著草) 대신에 쉽게 사용할 수 있는 방법이라 일반인들이 많이 이용하였음. 한꺼번에 동전 세 개를 던져 나온 앞면과 뒷면에 따라 하나의 괘를 만든 후 그 형상에 따라 주역을 응용하여 길흉을 판단하였다. 후에는 여섯 개의 동전을 던져 사용하였다.

65) 노읍도시(露浥桃腮) : 이슬이 복숭아 꽃잎(뺨)을 적시다. 춘정(春情)을 불러일으키는 것에 비유하여 쓰는 말.

66) 동경합(銅鏡合) : 결혼이 이루어진 것을 뜻하는 말. 한(漢)나라 때에

생겨난 풍습으로, 남녀가 사랑을 약속할 때 신표(信標)로 구리거울(銅鏡)을 주고받았다고 한다.

67) 일층루(一層樓) : 한 단계 더 높은 것, 또는 그러한 곳. 당(唐)의 왕지환(王之渙)이 지은 시『등작루(登雀樓)』에서 나왔다.
밝은 해는 산에 의지하여 지고, 황하는 바다를 향해 흐른다. 천리 먼 곳을 모두 보고 싶어, 한 층 더 높은 누각을 생각한다(白日依山盡 黃河入海流 欲窮千里目 更上一層樓).

68) 연리지(連理枝) : 뿌리가 다른 두 나무의 가지가 만나 하나로 이어진 것. 지극한 효성, 남녀의 지극한 사랑, 이승에서 못다 이룬 영혼의 사랑 등을 상징하는 말로 쓰인다.

69) 옥소(玉簫) : 당(唐)나라 때 나온『옥소전(玉簫傳)』에 나오는 주인공 이름. 여기에서는 옥소의 '양세인연(兩世姻緣)'을 뜻한다.『전등신화·취취전』등 많은 글에서 인용하였다.
소년 위고(韋皐)가 스승의 손녀인 열세 살의 옥소에게 장래를 약속하며 옥가락지를 준다. 그러나 약속한 칠 년이 지나도 위고가 돌아오지 않자 옥소는 팔 년째 되는 해에 슬픔을 이기지 못하고 병을 얻어 죽는다. 후에 관리가 된 위고가 그 사실을 알고 후회하며 법회를 열어 옥소의 영혼과 만난다. 옥소의 영혼은, 위고의 법회로 환생하게 되었다며 십삼 년 후에 다시 만날 수 있다는 약속을 한다. 그리고 십삼 년 후 위고는 한 소녀를 만나는데, 이름이 옥소였고 그때 정표로 준 옥가락지를 끼고 있었다.

70) 오정주(烏程酒) : 중국의 오정(현 저장성 호주)에서 생산되는 술의 이름. 이태백이 일부러 먼 길을 찾아가 마셨다고 알려진 유명한 술이다.

71) 금파라(金叵羅) : 금배(金杯). 파라(叵羅)는 중국의 서쪽 지방의 말

을 중국식으로 발음한 것으로, 술잔을 뜻하는 말이다.

72) 치(卮) : 고대의 술잔.

73) 청흥(淸興) : 깨끗하고 아름다운 것을 보면서 세속을 벗어나고 싶은
마음을 느끼는 상태. 육소형(陸紹珩)의 『취고당검소(醉古堂劍掃)·
영편(靈篇)』에 나온다.

74) 고당(高唐) : 사천성 무산현의 운몽택(雲夢澤) 가운데 있던 누대의
이름. 송옥(宋玉)의 『고당부(高唐賦)·서(序)』에 나온다.
　　전국시대 초(楚)의 회왕(懷王)이 무산(巫山)의 고당(高唐)이란 누
대에서 낮잠을 자는데 꿈에 한 여인이 나타났다. "저는 무산에 사
는데 고당에 왔다가 당신이 이곳에 놀러왔다기에 함께 잠들고 싶
어 왔습니다." 여인은 왕과 함께 잠자리를 한 후 "저는 무산의 남
쪽, 높고 험한 산봉우리에 삽니다. 아침에 구름이 되었다가 저녁에
는 안개비가 되어 밤낮으로 남쪽 산봉우리를 오르내립니다" 하고
는 사라졌다. 후에 그녀를 무산신녀(巫山神女)라 부르고, 그녀가 산
다는 무산의 남쪽 산봉우리를 양대(陽臺)라 불렀다.

75) 화병(話柄) : 화제(話題), 이야깃거리.

76) 향혼옥골(香魂玉骨) : '향혼(香魂)'은 향기로운 넋으로, 여자의 넋을
비유하는 말로 쓰임. '옥골(玉骨)'은 아름다운 피부와 몸매로, 여자
의 몸을 비유하는 말.

77) 항아(姮娥) : 달에 사는 여신(女神). 항아(嫦娥-상아로도 읽음) 전설
적인 활의 명수 예(羿)의 아내인데, 남편이 곤륜산에서 얻어온 불
사약 두 알을 몰래 훔쳐 먹고 달나라로 달아나 혼자 산다는 여신.
자신의 잘못을 후회하며 항상 남편을 그리워한다고 한다.

78) 총계화변(叢桂花邊) : '총계(叢桂)'는 떨기로 자란 계수나무인데, 여

기에서는 『전등신화・추향정기(秋香亭記)』에 나오는 '계수나무 두 그루의 가지가 서로 얽혀 자라는 것'을 가리킨다. '화변(花邊)'은 계수나무의 꽃향기를 맡는다는 뜻으로 쓰였다.

　고종사촌 사이인 상생(商生)과 양채채(楊采采)는 어릴 적에 두 그루의 계수나무가 겹쳐 자란 곳에서 자주 놀았는데, 자라면서 여자인 채채의 바깥출입이 자유롭지 않아 서로 만나지 못한다. 하루는 채채가 계수나무 밑을 지나다가 상생에 대한 그리움에 두 수의 시를 지어 보낸다.

추향정 위 계수나무 꽃향기가/ 바람을 타고 내 방에 스며드네/ 한스러워라 인생이 저 나무와 같지 않으니/ 아침마다 서쪽 담장을 보며 애태우네(秋香亭上桂花芳 幾度風吹到繡房 自恨人生不如樹 朝朝腸斷屋西牆). 추향정 위 계수나무에 꽃이 피니/ 두 그루 나무 함께 심은 뜻을 생각하네/ 언제쯤 우리도 계수나무처럼 함께하여/ 비단 장막 둘러치고 밝은 달을 맞이할까(秋香亭上桂花舒 用意慇懃種兩株 願得他年如此樹 錦裁步障護明珠).

　상생은 단지 가까운 친척으로만 지내던 채채에게 고백을 받자 순간 사랑의 감정이 솟구친다.

79) 애독면(愛獨眠) : 여기에서 '애(愛)'는 '친밀하다' 또는 '익숙하다'의 뜻으로 쓰였다.

80) 각소(却笑) : 여기에서 '소(笑)'는, 꽃을 감상하며 웃고 즐기는 것을 말한다.

81) 청승(靑蠅) : 『시경・소아・청승(靑蠅)』에서 나왔다. 금파리는 '이간질하는 사람'을 가리킨다. 여기에서는 인간의 속된 욕망을 부추기는 것을 뜻한다.

　윙윙거리는 금파리 울타리에 앉았네/ 점잖은 군자님 이간질하는 말 믿지 마세요(營營靑蠅 止于樊/ 豈弟君子 無信讒言) 윙윙거리는 금파리 가시나무에 앉았네/ 이간질하는 사람은 아주 나쁜 사람이라, 나라를 어지럽게 합니다(營營靑蠅 止于棘/ 讒人罔極 交亂四國) 윙윙거리는 금파리 개암나무에 앉았네/ 이간질하는 사람은 아주 나쁜 사람이라, 우리를 서로 미워하게 하네(營營靑蠅 止于榛/ 讒人罔極 構我二人)

82) 곤산(崑山) : 곤륜산(崑崙山). 중국 돈황(敦煌)의 서쪽에 있는 산. 아름다운 옥(玉)이 많이 나는 산으로 유명하다.

83) 관화(冠花) : 두관화(頭冠花). 신부의 머리를 장식하는 꽃.

84) 낭랑(娘娘) : 왕비나 귀족의 아내에 대한 높임말. 또는 여신(女神)을 일컫는 말. 여기에서는 양생과 인연을 맺은 여인을 대접하여 불러 주는 말로 쓰였다.

85) 백면서생(白面書生) : 방에 들어박혀 글만 읽는 선비. 세상물정을 모르는 사람을 비유하여 쓰는 말.

86) 결활(契闊) : 살기 위해 애쓰고 고생함. 서로 멀리 떨어져 있어 오랜 기간 소식이 끊어짐.

87) 월로(月老) : 월하노인(月下老人). 부부의 인연을 맺어준다는 신.

88) 금슬선(琴瑟線) : 거문고와 비파의 줄인데, 적승자(赤繩子)와 같은 뜻으로 쓰였음. 월하노인은, 부부가 될 남녀가 태어나면 그 즉시 그들의 몸을 보이지 않는 붉은 끈으로 묶어 놓는다. 이렇게 서로를 묶어 놓으면, 설혹 상대가 원수이거나 신분의 높고 낮음 또는 서로 아무리 멀리 떨어져 있어도 결코 만나지 못하거나 도망갈 수가 없다고 한다. 금슬(琴瑟)은 거문고와 비파가 조화롭게 화음을 이루는 것을 말하는데, 비유하여 부부를 뜻한다.

89) 홍광(鴻光) : 양홍(梁鴻)과 맹광(孟光). 양홍은 후한(後漢) 때의 이름

난 선비이고, 맹광은 그의 아내. 서로 공경하며 화목한 가정을 이루
었다고 해서 유명함. 맹광이란 처녀가 있는데, 인물이 못났으나 돌
절구를 들어올릴 만큼 힘이 셌다. 그러한 맹광이 결혼 상대자로 생
각하는 사람은 인근에 사는 양홍과 같은 사람이었다. 양홍은 가난
하지만 절개가 있는 사람인데, 그 말을 전해 듣고는 주저함이 없이
맹광과 결혼했다. 결혼한 후에는 맹광이 절구질로 품팔이하며 살림
을 꾸려갔는데, 항상 남루한 옷을 입고 다니면서도 남편의 음식은
떨어지지 않게 하였다. 『후한서(後漢書)·양홍전(梁鴻傳)』.

90) 자획(字劃) : 글자를 구성하는 점과 획. 여기에서는 글을 지을 줄
알고 해석할 줄도 안다는 뜻.

91) 근체시(近體詩) : 성당시대(盛唐時代) 이후로부터 유행하던 시의 형
식. 글자 수가 일정하고 압운(押韻)과 평측(平仄)이 엄격한 정형시.

92) 칠언사운(七言四韻) : 칠언율시(七言律詩). 한 구가 7자이고 8구로 되
었다.

93) 초협(楚峽) : 앞에 나온 송옥(宋玉)의 『고당부(高唐賦)·서(序)』에 나
오는 무산(巫山)을 가리킨다.

94) 상강(湘江) : 요(堯)임금의 딸인, 아황(娥皇)과 여영(女英)이 순(舜)
임금에게 시집을 갔는데, 순임금이 남쪽 지방을 순행하다가 죽어
창오(蒼梧)에 묻었다. 두 왕비가 무덤이 있는 곳인 상강에 찾아가
구슬피 울다가 강에 투신하여 죽었다. 그때 아황과 여영이 흘린 눈
물이 대나무를 적셔 얼룩지게 했는데, 후에 사람들이 그 대나무를
상비죽(湘妃竹)이라 불렀다.

95) 동심결(同心結) : 남녀가 사랑을 맹세한 후 정표(情表)로 나누어 갖
는 매듭. 두 가닥의 실(끈 또는 긴 헝겊)을 사용하여 엮어 만든다.

96) 환선(紈扇) : 얇은 비단으로 만든 부채. 부채는 여름에 사용하고 가

을에 쓰지 않는다. 그러한 뜻에서, 실연을 당한 사람을 비유하는 말
로도 쓰인다.

97) 고풍장단편(古風長短篇) : 당나라 때 발달한 근체시(近體詩) 이전에
나온 시로, 압운(押韻)이 있지만 꼭 지키지 않아도 되며 한 구의 글
자 수가 많고 적음을 따지지 않은 시.

98) 풍소(風騷) : 시문(詩文)을 지으며 노는 풍류.

99) 이청조(李淸照) : 북송에서 남송 시기의 여성시인. 호 이안거사(易
安居士), 수옥(漱玉). 전란에 남편과 사별하고 절강(浙江)의 여러 곳
을 떠돌며 살았다. 주숙진(朱淑眞)과 함께 당시대를 대표하는 최고
의 여성작가이다. 문집으로 『수옥집(漱玉集)』이 있다.
　함호(含糊) : 말과 태도를 명확히 밝히지 못하고 주저하는 모양.

100) 청도(淸都) : 하늘의 궁전.

101) 정장(靚粧) : 아름답게 꾸며주다. 대모연(玳瑁筵) : '대모(玳瑁)'는
바다거북의 일종인데 등딱지가 고급 장식품으로 쓰인다. '대모연'
은 진귀한 것이 가득한 호화로운 잔치. 또는 귀하고 소중하다는 뜻
에서, 순수하고 아름다운 잔치(指精美的筵席)를 가리키는 말이다.

102) 우상(羽觴) : 고대에 사용된 술잔. 잔에 손잡이가 달려 있고, 새의
깃 모양을 하고 있다. 淸讌청연 : 조촐한 연회.

103) 체우우운(殢雨尤雲) : '비가 오는 곳에 구름이 있다' 또는 '구름이
머무는 곳에 비가 따른다'는 말인데, 여기에서는 서로 가까운 사
이를 형용하는 말로 쓰였다.

104) 천짐저창(淺斟低唱) : 여기에서 '천(淺)'과 '저(低)'는 '조심하다',
'주의하다'로 쓰였다. 서로 친밀하지 않은 사이라 조심하며 예의
를 갖춘다는 뜻이다.

105) 요장(瑤漿)·경액(瓊液) : 경장(瓊漿)과 같은 말로, 맛이 아주 뛰어
난 음식을 가리킨다.

106) 금예로(金猊爐) : 금예(金猊)의 형상을 새긴 향로. 용의 아홉 아들
중 하나인 금예(金猊)는, 불에서 피어오르는 연기를 좋아하고 또
앉아 있기를 좋아한다. 그 때문에 법당이나 민가의 향로에 앉아
있다가 복을 비는 사람이 향불을 피우면 매우 좋아하며, 그 보답
으로 부처의 힘을 빌려 재물과 권세와 행운 등을 내려준다. 그 때
문에 사람들이 향로에 금예의 형상을 새겨 넣었다.

107) 서뇌(瑞腦) : 서룡뇌(瑞龍腦), 용뇌(龍腦)라 한다. 동인도(東印度)
지방에서 자라는 용뇌나무의 줄기에서 나오는 수액이 덩어리진
것으로 하얗고 투명하다. 양귀비가 몸에 지니고 다녔다고 할 정도
로 향기가 뛰어나다고 한다.

108) 향설(香屑) : 달콤한 향기. 백옥상(白玉牀) : 신선세계에서, 하얀 옥
돌을 깔아 만든 좌석.

109) 진인(眞人) : 도교(道敎)에서, 도를 깨쳐 깊은 진리를 깨달은 사람
을 이르는 말. 여기에서는 신녀(神女) 또는 선녀(仙女)로 쓰였다.
합근치(合巹卮) : 혼례에서 신랑과 신부가 나누어 마시는 합환주
(合歡酒)를 담은 술잔. 여기에서는 결혼을 뜻한다.

110) 문소우채란(文蕭遇彩鸞) : 당(唐)의 배형(裴鉶)이 지은『전기(传奇)
·문소(文蕭)』에 나온다. 서생인 문소가 도가(道家)에 심취하여,
추석 때 홍주(洪州) 종릉(鐘陵)의 서산(西山)에서 도인(道人)들이
하늘로 올라가는 장면을 보러갔다. 그곳에서 만난 신녀(神女) 오
채란(吳彩鸞)이 문소에게 반해 유혹하였는데 이 사실을 하늘에서
알고, 오채란을 12년 동안 땅으로 유배 보낸다. 땅으로 쫓겨난 오
채란은 문소와 함께 살며 자신의 붓글씨 재주로 살림을 꾸려가다

가, 마침내 용서를 받고 문소와 함께 신선이 되어 하늘로 돌아간
다.

111) 장석봉두란(張碩逢杜蘭) :『수신기(搜神記)』등에서 보인다. 상강
(湘江)의 동정호 강가에 버려진 세 살쯤 된 여자 어린애를 어부가
데려다 키웠다. 십 년이 지나자 돌연 하늘로 올라가며 자기가 죄
를 짓고 내려온 신선 두란향(杜蘭香)이라 말했다. 두란향은 하늘
로 올라간 후 어부의 살림을 남모르게 도와주었다. 그리고 후일
동정호의 포산(包山)에 사는 장석(張碩)을 찾아가 부부의 인연을
맺었는데, 장석은 수도(修道)하는 사람이었다. 삼 년 동안 신선이
되는 비법을 전수하며 필요한 물품을 조달해 준 끝에, 마침내 장
석도 신선이 되자 함께 하늘로 올라간다.

112) 거백(擧白) : 술잔을 들어 권하다. ‘백(白)’은 술잔으로 쓰였음.
난산(闌珊) : 시들해지다. 쇠락하다. 여기에서는 ‘술에 취해 쓰러
지다’는 뜻으로 쓰임.

113) 엄기(掩棄) : 어느 순간에 무엇을 은밀하게 버리다. 여기에서는
‘어느 날 갑자기 여인을 버리다’의 뜻으로 쓰였다.

114) 세세생생(世世生生) : 불가(佛家)에서 말하는 환생이 거듭되는 각각
의 세상.

115) 반환(盤桓) : 머뭇거리며 서성이다. 주변을 거닐다.

116) 청지(請遲) : 잠시 머물러 주기를 청하다. 즉 여인과 만나게 된 사
연을 말할 기회를 얻으라는 뜻.

117) 양구(良久) : 오랜 시간. 한동안.

118) 잠설(暫設) : 임시로 설치하다.
재연(齋筵) : 불가에서 음식물(齋食재식)을 마련하여 삼보(三寶)에

공양하는 법회. 삼보는 불(佛) · 법(法) · 승(僧)이다.

119) 저(佇) : '저사(佇思)'로 쓰여, 한동안 이 생각 저 생각을 하는 모습.

120) 요뇨(腰裊) : 여기에서는 '허겁지겁 달려오는 모습'을 형용하는 말로 쓰였다. '요(腰)'는 몸의 중심으로 신체를 뜻하고, '뇨(裊)'는 '뇨뇨(裊裊)'로 연기와 같은 기체가 하늘거리며 공중으로 올라가는 것을 말한다. 즉 어떤 물체가 멀리서 다가오는 것을 형용하는 말이다. 요뇨(腰裊)는 또 전족(纏足)을 한 여인의 걸음걸이를 형용하는 말로도 쓰인다. 작은 발로 뒤뚱거리며 걷는 모습이 고대 중국 미인의 전형적인 걸음이었다고 한다.

121) 『시경 · 정풍(鄭風) · 건상(褰裳)』 : 사랑이 식어가는 남자에 대한 여인의 원망을 노골적으로 드러냈다. 이는 백성을 보살피지 않는 군주에 대한 민심을 풍자한 것이라 한다.

당신이 날 사랑한다면/ 치마 걷어 올리고 진수(溱水)라도 따라 건너가리/ 당신이 더 이상 날 사랑하지 않는다면/ 이 세상에 사내가 너 혼자뿐이랴/ 이 넋 빠진 미친놈아(子惠思我 褰裳涉溱 子不我思 豈無他人 狂童之狂也且) 당신이 날 사랑한다면/ 치마 걷어 올리고 유수(洧水)라도 따라 건너가리/ 당신이 더 이상 날 사랑하지 않으면/ 이 세상에 너 말고 다른 총각들이 없을까/ 이 넋 빠진 미친놈아(子惠思我 褰裳涉洧 子不我思 豈無他士 狂童之狂也且)

진수(溱水)와 유수(洧水)는 정(鄭)나라에 있는 강의 이름.

122) 『시경 · 용풍(鄘風 · 상서(相鼠)』 : 예의범절을 모르는 무뢰한을 쥐에 비유하여 풍자하였다.

쥐를 보면 가죽이 있는데/ 사람으로서 염치를 모르네/ 사람이 염치가 없는데/ 어찌 죽으려 하지 않고 무얼 하려고 하나(相鼠有皮 人而無儀 人而無儀 不死何爲) 쥐를 봐도 이빨이 있는데/ 사람

으로서 버릇이 없네/ 사람이 버릇없는 행동을 하는데/ 어찌 죽지
않고 무얼 기다리나(相鼠有齒 人而無止 人而無止 不死何俟) 쥐를
보면 몸통이 있는데/ 사람으로서 예의가 없네/ 사람이 예의를 모
르는데/ 어찌 빨리 죽으려 하지 않는가(相鼠有體 人而無禮 人而無
禮 胡不遄死).

123) 형채추고(荊釵椎䯻) : 가시나무 비녀와 상투머리. 즉 가난한 부부
를 일컫는 말로, 앞에 나오는 맹광과 양홍을 가리킨다. '형채포군
(荊釵布裙)'이라고도 함.

124) 멱주(羃酒) : 밥을 짓고 술을 빚다. '멱(羃)'은 밥상 위에 덮는 보.
식보(食袱)라고도 한다.

125) 보련입병(步蓮入屏) : '보련(步蓮)'은, 남제(南齐)의 폐위된 황제 동
혼후(东昏侯)와 귀비(貴妃) 반옥인(潘玉儿)의 고사(故事)에서 나왔
다. 황제가 반비(潘妃)를 위하여 금으로 연꽃을 만들어 바닥에 깔
고 그 위를 걷게 하면서 '걸음걸음마다 연꽃이 피어난다(此步步生
蓮花也)'고 했다. 여기에서 파생되어 미인의 경쾌한 걸음을 '보련'
이라고 한다. 또 반비의 발이 아주 작은 것을 근거로, 전족(纏足)을
한 여인의 걸음걸이를 '반비보(潘妃步)·금련보(金蓮步)' 등으로 부
른다. '입병(入屏)'은 후대에 '보련'을 소재로 한 많은 그림들이 그
려진 것을 가리킨다.

126) 아향전거(阿香輾車) : '전거(輾車)'는 천둥소리를 내는 수레이고,
'아향(阿香)'은 그 수레로 천둥을 치는 여신이다.
　『법원주림(法苑珠林)』『수신후기(搜神後記)』『태평광기(太平廣
記)』 등에 아향의 고사(故事)가 실려 있다.
　진(晉)나라에 아직 벼슬을 하지 못한 주(周)씨 성을 가진 선비
가 있었다. 하루는 일행 한 사람과 말을 타고 도성을 나왔다가 날
이 저물어 돌아가기 어렵게 되었는데, 마침 새로 지은 작은 초옥

(草屋)을 발견하였다. 다가가자 집에서 열예닐곱 되어 보이는 아가씨가 나오더니 "임하(臨賀)의 수령께서 어찌 밤에 이 외진 곳을 지나시나요. 가까운 마을이라 해도 상당히 먼데" 하며 엉뚱한 소리를 하였다. 하는 수 없이 숙식을 청하자 아가씨가 허락하며, 서둘러 밥을 짓고 음식을 장만하였다. 초저녁이 되었을 때 밖에서 어떤 아이가 "아향!" 하고 부르더니 "관가에서 뇌거(雷車)를 밀고 나가라 합니다"라고 하였다. 아가씨가 주(周)에게 "저는 맡은 일이 있어 나가봐야 합니다" 설명하고는 밖으로 나갔다. 얼마 후 많은 비와 함께 요란한 우레 소리가 울려왔다. 아가씨는 비가 그친 새벽이 되어서야 들어왔다. 날이 밝자 주(周) 일행이 집을 나와 말에 올랐다. 그리고 뒤를 돌아보니, 간밤에 머물렀던 집이 온데간데없이 사라지고 그 자리엔 새로 만든 무덤이 하나 있을 뿐이었다. 오 년이 흐른 후, 주(周)는 아가씨의 말대로 임하(臨賀)의 태수가 되었다.

127) 양대(陽臺) : 사천성 무산현의 양대산(陽臺山). 무산신녀가 산다는 무산의 남쪽 봉우리.

128) 창적(蒼赤) : 노비. 한(漢)나라 때 노비들이 푸른 두건을 쓰고 다닌 것에서 유래되었다.

129) 붕주(朋酒) : 여기서는, 제사에서 쓰는 현주(玄酒)와 청주(淸酒)를 말한다. '현주(玄酒)'는 맑은 물로, 정화수를 가리킨다. 고대 중국의 황제(黃帝)가 주연을 베풀 때는 반드시 현주를 먼저 마시게 했는데, 이는 술의 나쁜 점을 경계하는 뜻을 담고 있으며, 또한 신과의 교감(交感)을 상징하기도 한다.

130) 빈장(殯葬) : 초장(草葬). 풍장(風葬). 사정상 장사를 속히 치르지 못할 때 일정한 곳에다 관을 놓고 이엉 따위로 덮어 둔 것. 시신의 육탈 후 뼈만 모시기 위해 임시로 설치한 무덤.

131) 저강(楮鏹) : 지전(紙錢). 제를 지낼 때 죽은 이의 저승길 노자(路資)로 쓰기 위해 금색 또는 은색 종이로 만든 상징적인 돈. 장례 때 이를 불살라 망자(亡者)에게 전한다.

132) 주숙진(朱淑眞) : 북송(北宋) 말에서 남송(南宋) 초기의 여성시인. 호(號)는 유서거사(幽棲居士). 시사(詩詞)에 정통(精通)하였으나 젊은 나이에 죽었다. 시집으로 『단장사(斷腸辭)』가 있다.

133) 향규(香閨) : 부녀자의 침실. 여기에서는 '이정(鯉庭)'과 대응하여 '어머니의 가르침'을 뜻한다.

134) 이정(鯉庭) : 아버지의 가르침. 『논어(論語)·계씨(季氏)』편에 나오는 이야기로, 부모가 자식에게 가르침을 주는 사례의 대표적인 것으로 많이 인용되는 단어다. 공자의 아들 이(鯉)가 뜰에 홀로 서 있는 공자를 보고 빠른 걸음으로 지나가는데, 공자가 시(詩)를 배웠느냐"고 물었다. 배우지 못했다고 하자, "시를 배우지 않으면 말을 할 수 없다"고 했다. 이에 이(鯉)가 시를 배웠다. 다른 날에 또 홀로 서 있는 것을 보고 빨리 지나는데, 이번에는 예(禮)를 배웠느냐"고 물었다. 다시 배우지 못했다고 하자, "예를 배우지 않으면 서지 못한다"고 했다. 그래서 이(鯉)가 또 예를 배웠다. 즉 시를 배우면 사물의 이치를 깨닫게 되어 마음이 평온해지니, 말을 조리 있게 잘 하게 된다. 또 예를 배우면 행위의 절차에 분별력을 갖추게 되어 덕성(德性)이 길러지니, 능히 자신을 바로 설 수 있게 한다.

135) 벽완(璧完) : 흠이 하나 없는 순수한 옥.

136) 주침(珠沈) : 옥절주침(玉折珠沈). 인재가 젊어서 죽은 것을 아쉬워하며 하는 말.

137) 무연(無緣) : 좇을 데가 없다. 버림을 받다.

138) 전면(纏綿) : 애정 따위가 서로 굳게 얽힌 것을 이르는 말. 또는 그러한 관계를 맺다.

139) 비산(悲酸) : 비도산고(悲悼酸苦). 아내나 손아랫사람이 죽음을 당하여 콧날이 시고 속이 쓰릴 만큼 슬프다는 뜻.

140) 참란(驂鸞) : 봉황의 일종인 난새가 끄는 수레로, 신선이 타고 다닌다.

141) 삼혼(三魂) : 불가(佛家)와 도가(道家) 등에서 일컫는 사람의 몸 가운데 있는 세 가지 정혼(精魂)으로 태광(台光), 상령(爽靈), 유정(幽靜)을 말한다. 이 세 가지 혼은 인간의 감성과 이성을 다루는 정신 세계와의 연관성을 분류해 놓은 용어인데, 그에 대한 개념이 종교와 학자마다 달라 이해하기 어렵다. 태광은 성품을, 상령은 목숨을, 유정은 감정을 담당한다고도 한다.

142) 이 말은 혼령이 수시로 땅과 하늘을 오르내린다는 말에서 나왔다. 훈호(薰蒿) : 향기로운 연기가 피어오르는 모양.

143) 추천(追薦) : 죽은 이를 위하여 선행을 베풀고 명복을 비는 일.

144) 천발(薦拔) : 망자(亡者)의 넋을 부처님과 인연을 맺어 주어 좋은 곳으로 가게 함.

145) 감패(感佩) : 마음깊이 고마움을 느껴 잊지 않음.

146) 정업(淨業) : 이승에서 행하는 맑고 깨끗한 행실과 덕업(德業).

최척전 · 만복사저포기

역자 • 서정섭 · 조봉래

발행인 • 조승식

발행처 • ㈜ 도서출판 북스힐

등록 • 제22-457호

주소 • 142-877 서울시 강북구 수유2동 240-225

www.bookshill.com

E-mail • bookswin@unitel.co.kr

전화 • 02-994-0071

팩스 • 02-994-0073

2012년 7월 15일   1판 1쇄 발행

2012년 9월 25일   1판 2쇄 발행

값 8,000원

ISBN : 978-89-5526-862-1